四海为仙

14 绝境救公主

管平潮 ◎ 著

浙江文艺出版社
Zhejiang Literature & Art Publishing House

目录

第一章
明霞可爱，入瑶宫以为家

片言激死首恶，小言并没有回身去见那位女神。

试了试孟章鼻中的呼吸，确认气绝，小言便腾身几个纵跃，来到生死茫茫的灵漪儿面前。将灵漪儿抱在怀间，极尽最后一丝道力灌输真气，试图让她起死回生。

只是，不知是否先前孟章志在必得的一击太过威猛，即使无上清醇纯和的道力输入，也无济于事。重创之下，一向无往不利的太华道力竟全然无效。

无能为力之时，再看看怀中的女孩，往日嫣然娇美如施朱粉的面庞已流失了血色，变得苍白如雪。从前充满活力的青春娇躯，只知道无力地靠在自己怀里，随着生命一丝丝地流逝，渐渐轻若鸿羽。

此刻从灵漪儿身上唯一还能看出些生命痕迹的，便是她微微半张的嘴。变得暗紫的嘴唇颤动，似乎有些话想说，却半个音节也发不出。见如此，小言更是悲恸，满腔的悲楚犹如倾倒的大山将他压得透不过气来。

这时节，刚才发生的一切虽然说来头绪纷杂，其实只不过电光石火事，其间又暗火满天，光怪陆离，即使是在场之人，对凶劫发生时的种种也大都惘然难测。于是直等到这时,琼容、云中君等人才蓦然清醒过来,各个变了神色,围拢到小言身边。他们见灵漪儿人事不知,状若将死,云中君自然悲痛欲绝,泫然欲泪,琼容则是哇一声便哭了出来。

只是,此时此地,不唯灵漪儿濒死,大海之上何处不血流漂杵?承载着南海骄傲与荣光的贝阙珠宫早已坍塌成烂泥碎瓦,曾经鲜活的叱咤风云的人物不少已面目全非,在海水间漂浮。

大厦崩塌,流尸千里,即便是碧浪滔天的大海波涛,一时也冲刷不尽这绵延的血腥。

面对这一惨况,那些劫后余生的生灵也好不到哪儿去。且不提悲痛欲死的哀伤,光是重见天日后看到许多血肉模糊的尸体重重叠叠地袒露在眼前,放眼望去到处是尸山血海,即便是心智坚定的妖神,也受不了这份强烈的刺激,一时竟疯了不少人。那片已重新放晴的天空,被冲天的悲氛一染,又显得有些阴气森森。

"唉……"

目睹这样的惨况,飘摇于碧波之间的幻丽神女不禁动了恻隐之心。收回一直跟随琼容的视线,女神定了定心神,口中只不过轻轻吟诵几句,周身外血涛万里的大海上便刮起一阵旋风。

充斥着浩然阳和之气的风飙所到之处血浪散去,尸身沉于海底,疯狂的人们重新恢复了神志,阴风瑟瑟的海面也开始汹涌起雪浪碧涛。阳光下万顷波涛,又重新显现出午前海洋应有的清明。

如此之后,神女的目光依旧落向泪痕如线的小姑娘,看清发生了何事,扬袂举袖,素手中托举的那颗宝珠脱手而出,如一个缩小的日轮悠悠飞向人群之中。

散漫着日色光华的宝珠,无目自明,径自飞到小言怀中灵漪儿近前,在

半生半死、如梦如迷的女孩玉额上方滴溜溜一阵旋转，闪耀起虹霓一样的五彩光华。霓光散尽，宝珠便又恢复了日彩光华，倏然飞回到神女手中去。

宝珠临额，再看濒死的灵漪儿，忽然间如梦初醒，口中嘤咛一声，双眸渐开，粉鼻翕动，竟就此悠悠醒转！

"我的好孙女儿！"

见宝贝孙女儿死而复生，本已是伤心欲绝的云中君再也不顾威仪，一把将她抢到自己怀里，犹如捧着一件失而复得的珍宝，老泪纵横，再也不肯松手！

这样悲喜交加，泪飞如雨，直过得许久，他们才清醒过来，意识到那边还有个救苦救难的神女。前所未有的劫难过后，举目南望，众人便看到刚刚带来无穷灾祸的南天，已变换成一幅圣洁的图景。

碧波间，神女靥边宝珠灿烂的日华已渐渐隐去，人们终于真正看清了颀秀神女的神采丰姿。湛秀质兮似规，委清光兮如素，当日珠光华稍减，方知伊人如月。虽然悲天悯人的神色依旧如长者般端严肃穆，但这份肃穆的容光掩饰不住惊世绝俗的丽质天资；微浪簇拥，纤云低回，不知百千万年前的神女青春得如同瑶池仙境中刚刚出水的灵荷，在南海午前的阳光里娉婷毓秀。

当宝珠光华消减，小言等人这才发现，先前以为的晴空万里只是假象，海天四周的阴云依旧连绵勾缠。万里云天上，只留得天空一角漏下些明亮的日光。

这几道洁白的光亮，如同圣殿中的玉柱般挺直浑圆，缭绕着圣洁的光辉从昏暗云空中笔直照下，正笼罩在破水而出的女神身上，犹如仙境天国降临般的羽白光华，让原本就已惊世骇俗的姿容变得更加生动，几至无法用言语描摹。若强用尘世间的事物比喻，也只有夕霞抱月、朝春挺葩，才堪堪适用。

在这样让人宁静祥和的美丽面前,即使是积年的妖神海灵,也只能顶礼膜拜,祷念不停。

不过,此时小言没多少心情跟别人一道礼敬。稍停一时,见灵漪儿确实无恙,又有云中君照顾,他便立即起身奔到神女面前,一倒身拜在烟涛之中,对神女连连叩头感谢。

见他这样,神女微微一笑,道:"不必这样,你且起身吧。"

小言闻言,不敢违逆,便依言起身垂手立在神女面前。

见他起立,神女便谢道:"这位小神君何必如此多礼!方才我见你竟能逆转时光,已通大道,应知方才本神只不过是举手之劳,何必如此感激。"

听得神女这般谦逊之言,小言也彬彬有礼答道:"神女有所不知,您这举手之劳,对我张小言来说却是天大的恩德。不瞒女神,先前已有一女子为救我而死,这回若是灵漪儿再有事,我也无颜再活!"

"哦?"神女闻言稍有动容,问道,"先前已有一女子为救你而死?"

"是的。"听她相问,小言一五一十地将有关雪宜的这段往事告诉给她。说到哀伤处,小言言语哽咽,若不是怕在神女面前失态,恐怕早就忍不住悲声。

这时琼容也陪着复原的灵漪儿来到近前,听小言又说起往事,两人也忍不住眼圈泛红,泪流满面。

"呜……"

向来善于言辞的小言,叙述此事时丝毫不带浮华,只平静地讲述往事。只是,即使这样压抑悲伤地平实叙述,讲到变故突生之时,便连宝相庄严、见多识广的万年神女也忍不住大悲大喜,陪两个失声痛哭的姑娘掉了许多眼泪。

随着她悲恸,似乎天边的日头也不忍观看,一时躲进了阴云中。

伤心的往事说完,等多愁善感的神女也哭过,恢复了正常,叙事之人带着些希望问她:"大神在上,小言不知您能否大发慈悲,也将雪宜救活?她现在遗躯犹在。若是您能将她救活,我张小言便是为您做牛做马,也在所不辞!"

说罢他便拜倒在地,只等神女回答。

"这……"听得小言请求,神女面露难色。

不过看着他五体投地地拜倒海波,又心疼刚才故事中殒身救主的女孩,神女沉吟了好一会儿,才请小言起来,在他热切的期盼之中斟酌着说道:"年轻人,听你刚才叙述模样,似乎雪宜姑娘魂魄不存。这样的话,便是我羲和也救她不回!"

一听此言,小言、灵漪儿、琼容心都凉了半截,一时也不及揣摩"羲和"是谁。

只听羲和神女接着说道:"不过你们也不必过早灰心,依我看,天上地下,有一人能救活雪宜!"

"啊?!"

羲和淡然话语一出,却犹如冬去春来第一声惊雷,当即便把小言震得欣喜欲狂!若不是顾着礼仪,他说不定早就冲上去摇着羲和的手催她一气说完!

在这样十分难挨的狂喜忍耐中,小言听救苦救难的神女继续说:"张小言,你可知众仙之源的西方昆仑?八百里昆仑天墟,虚无缥缈,俯瞰众生,天上地下,唯它独尊。六界之中,无论妖魔人鬼,禽兽羽鳞,若要出神入化得道成仙,精魂都须去昆仑天墟谒见神尊。西昆仑虽然烟云浩阔,仙灵繁若星辰,但主事者不过一二人。"

"是谁?!"小言不由自主地追问一声。

羲和神女微微一笑道："要说这昆仑主事之人，头一位自然是众仙之长的西王母大神，掌管永生。譬如凡间希图长生的修炼之人，其实最应该拜祭这位尊神。

"除她之外，西昆仑另一位主事之人，便是掌管永生的西王母在开天辟地时不知如何得天地灵气孕育的第一个子女，号为长公主，又称西王女，专责掌管轮回。

"你若想救回已经魂飞魄散的雪宜姑娘，只有恳请这位西王女长公主帮忙，请她自西昆仑轮回之境中，为你寻回那点梅魄花魂。"

"哎呀！"

终于听到如何能救雪宜，小言直激动得手脚哆嗦，整个人就像穿着单衣在雪地行走，抖颤着声音问道："那、那敢问神女娘娘，如、如何才能去昆仑？"

"这……"听得小言相问，神女羲和看了看他们这几人，又挨个仔细打量一番才笑吟吟说道，"张小言，你且莫急知道如何去昆仑。我先告诉你另外一事。"

"嗯？！"

"张小言，本神知你生自凡间，便应当知晓，这世间常传言，说什么人鬼殊途，仙凡路隔，总言那仙人如何藐视众生，视凡人如蝼蚁如草芥，无论如何都不肯轻动仙力施以援手。"

"是啊……"

"其实依本神之见，这都是凡间的误解。你想那仙人，既然能称仙人，自然已悟阴阳大道，如何会再斤斤计较。只要机缘合适，当然不妨普度众生、助人为乐。

"只不过尘世如沙，生灵万亿，能涉足其间的真仙极少，所以才有这等谬论流传于民间。其实大抵不过是他们按凡俗想象，将世间权贵的不堪嘴脸移作仙人面目而已。"

"是啊,有道理,不过……"

虽然小言听得频频点头,但仍不知神女忽然大谈仙人形象,到底是何用意。当然这样的关键时刻,他也不敢随便插言。

又听神女羲和继续说道:"所以,一般若真有缘见到仙人,要跟他们恳求什么,只要合情合理,应该都是有求必应的。只是……"

"嗯?"小言一听这转折,顿时这心立即提到了嗓子眼。

"只是凡事都有例外。虽然仙人大抵清高良善,平易近人,但其中轻贱凡世、不屑一顾的仙家也不是没有。比如你即将求到的这位西昆仑长公主便是一位。这位长公主,不用说寻常凡人,即使是西昆仑上的仙灵,除了她母亲之外,也没一个被她放在眼里!"

说到此处,羲和神女稍稍停顿,朝小言这几人看看,也不知想到了什么,忽然轻声一笑,自言自语说了句没头没脑的话:"真是天赐良机,可以这样说她坏话,真个难得。嗯,那我今日可要一吐为快!"

小声说了一句,羲和便声音转高,说道:"张小言,今日方便,本神也便直言不讳了。用你们人间的话来说,西王女长公主就是个飞扬跋扈、喜怒无常的恶丫头! 她仗着神力无穷、地位尊崇,除了西王母之外,从不把谁放在眼里。千万年来,西昆仑上也不知有多少仙灵受过她荼毒!"

倒起这苦水,连神女也变得口若悬河:"远的不说,就说三千年前,西昆仑上负责放养仙牛的仙子,和织染霞匹的仙女相恋,有一回他们在昆仑仙溪边戏水,嬉闹之间,不料西王女云车从旁边经过。那牛郎织女二人撩泼的溪水不小心有两滴飞出,恰溅在西王女裙带上,这下便惹下弥天大祸! 当即西王女勃然大怒,将这二人流放到两个遥远的星辰上,充任这两颗荒凉星辰的守护神祇。

"唉！只不过两滴水，这一对仙侣便被隔在了星辰之光汇成的银河两头，永远不能相见！"

"噢，原来如此！"听到这儿，灵漪儿恍然大悟，"原来内情是这样的！以前小时候就听爷爷说过，牛郎织女二星分离，不是因为西王母刻毒，而是全怪那个长公主！"

"唉，是啊！"听得灵漪儿之言，心地仁慈的羲和神女叹息一声，继续说道，"你们看，西王女对仙灵已是如此，更不要说凡人了！唉，本神所知的上古神祇中，就没一位像她这般厌恶凡人的。据我听到的一些言语，这位出身尊贵无俦的西王女最厌恶凡人，几乎视同寇仇。幸亏她平日无从接触，否则后果不堪设想。"

说到这儿，羲和看着已经额角冒汗的少年，有些同情地说道："所以，本神先前说，如何去昆仑并不算大问题，若张小言你想去，即使昆仑天墟外有弱水之渊、炎火之山的不世天险，也自有人能助你去。只是，即便你能上得昆仑天墟，有幸寻到那位长公主西王女，恐怕还没等开口说话，便被她拍手化为灰烬！"

"这、这！"

刚刚燃起冲天希望的四海堂堂主，现在听得神女之言，顿时汗下如雨，神色颓丧。而他旁边，四渎龙女也垂头丧气，十分为雪宜伤心。

只是，就在小言沮丧、灵漪儿气馁之时，却忽有一道充满自信的清脆语音响起："神女姐姐，不会的！"

说话的正是琼容。

"小言哥哥，你别难过了。"安慰了小言一声，琼容便转向南边的神女，认真地说道，"神女姐姐，不会的，那西王女虽然可恶，可我哥哥更有本事！"

"……哦？"

"嗯！姐姐你不知道，琼容以前也是很顽皮很不听话的。那时候除了山林里的小狐狸小野兔，没人喜欢琼容的。可是自从琼容遇见哥哥，就变得越来越乖，很多人都说喜欢我，还送给我好吃的。所以神女姐姐，你说的那个坏公主一直不讲理，我知道为什么了！"

"为什么啊？"

"因为她不认识哥哥啊！"如美玉般玲珑的小姑娘正色说道，"我想，只要哥哥去了那个昆仑，见到那个坏公主，她便能很快改掉坏毛病了！"

"……"

听得琼容这番一本正经的言辞，羲和却忽然一时沉默，直等了好大工夫，她才终于忍不住喜形于色。

"哈哈哈！"

原本亲切而矜持的神女，仿佛听到了天底下最有趣的笑话，一时竟忍俊不禁，哈哈大笑起来，声震寰宇，响遏行云！

"嗯？"

见神女姐姐这般开怀，琼容却是浑然不明就里。

望着笑得花枝乱颤和方才判若两人的神女，琼容有些迷惑，眨着眼睛想道："奇怪呀……虽然连哥哥也说我既有趣又可爱，可是我刚才明明用心说话了呀，也这么好笑吗？真搞不懂呀。"

第二章

舍情问雪，得趣便为真仙

　　笑声方歇，神女敛容对小言几人说道："其实本神与这位小妹颇为有缘，故今日不计，三日后还来此地，助你兄妹二人前往昆仑！"

　　小言闻言，大喜过望，赶紧抱拳深施一礼，谢过神女大恩大德。只是惊喜之余，又仔细体会了一下神女的话语，小言不禁有些惊疑，脱口问道："敢问神女，尊号为何？"

　　小言有此一问，实是方才心中大悲大喜，心绪烦乱，才没听清羲和先前的自称。羲和自是冰雪聪明，明知此前自己已经道过名号，但听小言相问，仍微微侧身一福，丝毫不以凡人为卑，柔声回答："妾身羲和，久居于东南海隅甘渊之中，长眠方醒，实为梦觉故人遭劫，出手相援。"

　　听得神女之言，小言忽然间又大汗淋漓。原来他记起古籍有语："东南海外，甘水之间，有羲和之国，有女子名羲和，浴日于甘渊之中。羲和者，帝俊之妻，十日之母。"

　　隐约记起神女来历，再细思她方才话语，小言震惊之余，却更加犹疑，转脸偷偷看看旁边的琼容，却见她依旧憨态可掬，只笑嘻嘻望着神女，因为她从不曾听说过什么羲和之名。

正自瞻顾,旁边灵漪儿忽然敛衽开口,跟羲和神女恳求允她同去昆仑。听得灵漪儿相求,羲和却面有忧色,告诉他们,虽然刚才已将灵漪儿救起,但她受伤其实颇重。她被那孟章用宇宙惑乱本源之力全力一击,早已打伤灵根。不要说远行,灵漪儿若想完全康复,应尽快去她祖族东海龙宫择地清修,护持神脉灵根。

交代至此,太阳神女便不再多言,朝小言这边敛衽又施一礼,冉冉没入海波之中。

等羲和离去,小言和琼容、灵漪儿返回,将刚才之事告诉云中君等人。这些地位尊崇的神灵便一齐朝神女消失之处躬身施礼,口呼"大神"。

此后诸事不必细提。

劫难过后,饶是羲和施大法力沉埋废墟尸气,劫后余生的南海龙域仍是一片狼藉。

被浪涛重新卷出海面的断壁残垣随波逐流,成千上万死难者的鲜血在阳光下蒸腾如血云,再伴着那些失去战友亲人的妖神号啕痛哭,光天化日下的碧蓝大海中一片愁云惨淡,死气浮腾。

在遮天蔽日的悲伤中,即使心底十分牵挂安眠海底龙宫的冰雪女子,小言也不忘自己的责任,协助云中君安葬死者、抚慰生人。如此安排统筹,四处奔走,直到入夜时分诸般善后事宜才大体完结。

夕阳西坠,暮色初垂,小言已忙得四肢无力,声音喑哑,但仍强打着精神,在南海新主伯玉水侯的陪同下,到海底龙域一隅的冷寒窟中将雪宜遗体取回。

冰冷寒窟里,冰床雪簟上的女子安详静谧,容颜宛肖生时。

虽然生命已经流逝,但颜容更加宁静。自那日仓促别离后,小言还未及细细审视,经历了千般劫难万种波折后再次相遇,他便从雪宜殁后庄静的容颜中看出几分欣悦与从容。那微微张启的朱唇口型，依稀可辨是那未能叫出声的"堂主"。

这时终于看得无比清楚，当年的懵懂堂主便再也忍不住，号啕痛哭起来。泣下沾襟之时，身旁两个女孩见到当年温柔的梅魂容颜娇婉依旧，却再没了生机，也忍不住一齐悲恸。

泪水倾盆，等终于收住悲声，小言袍袖一拂，将雪宜遗躯裹在一片晶华闪亮的雪云之中，离了海底冷寒洞窟，在灵漪儿与琼容陪伴下破水而出，一路御风直往罗浮山。

依着与羲和的三日之约，他准备第二天将雪宜身躯安放到她出生的罗浮山雪峰，再去饶州马蹄山拜别父母，最后再回南海践行神女的昆仑之约。

这样安排之中，本来小言不欲灵漪儿相陪。听了羲和之言，云中君便督促灵漪儿早去东海神宫中静养清修，因此小言也不希望她跟着自己劳碌奔波，即使只有两三天。

只是，虽百般劝说，灵漪儿却心意已决，无论如何劝解，也定要在小言去昆仑之前的所有时间里左右相陪。

于是一路回转，小言与琼容、灵漪儿结伴而行。傍晚时分，在众人送别的目光中，他们终于离了这钩心斗角龙争虎斗的风波之地，御风直往熟悉的人间洞天行去。

回转之时，正过了月初，一轮弦月如弓，挂在头顶照着他们一路归程。

新月微茫，幽淡如水。四望海月湖烟，晦暗不明。

在清幽阔寥的人间月夜里，御风而回的少年堂主发觉，相比南海中轰轰烈烈壮阔波澜，这边即使再清冷平凡，自己却更加欢喜。

有了这般发现，冷月星空下小言携着那片冰雾缭绕的雪云，朝北方行得更加坚定。正是：

藕丝宛转系蒹葭，

南海人归月正华。

二月新潮犹未起，

春风全不负梅花。

　　披星戴月而行，到得第二天晨光熹微之时，他们便赶到了洞天罗浮山。

　　虽然只是早春，但四季长春的罗浮山已漫山绿遍，万紫千红。越过了一层层草坳花峦，将千百声燕莺啁啾抛下，大约在旭日升空之时，小言终于寻到了那处奇伟高绝的冰雪孤峦。

　　虽然，岭南群峰中气候暖热，但高耸入云的峰峦上依旧寒冷，一年四季冰雪皑皑，经年不化。到了雪峰近前，便见湛蓝天空下孤绝的冰崖巍然耸立，不时吹来的天风扬起阵阵雪粉，模糊了蓝天与雪山的边际。

　　在这样的高山雪峰前，虽然遍体阳光明灿，却仍感觉到不时袭来一股股透骨的寒意。

　　见到这样嵯峨高洁的雪山，虽然小言以前从没来过，但冥冥中好似有一种神秘的启示，指引他来到此地，将它认出。

　　在浩荡天风中，小言第一眼看到这座方圆不大的雪峰孤立如刃，便毫无疑虑地认定，这里正是当年雪宜只言片语中提到的冰崖寒峰。

　　于是，对着蓝天下阳光中闪闪发光的雪山，在半空中虔诚地拜了两拜，小言便将雪宜的身躯安置在雪峰下那处山风回荡的冰崖下。

　　小心安放好后，小言便在四周布下纵横交错的雪咒冰关，附上层层叠叠能引动九天神雷的奇绝法阵，最后又布下障眼的云雾，让这片安放香魂的小小天地如同隔绝在另一个时空，这才安心离开。

此番返回，并不是就此在罗浮山长住。现在小言不愿多去故地，更没有心情去履行那些繁文缛节。

于是这回返回罗浮山，他连千鸟崖也没回，安置好雪宜之后只朝师门所在地飞云顶遥遥拜了三拜，便和灵漪儿、琼容一起往家乡马蹄山而去。

将近马蹄山，越过熟悉的梁梁坎坎，沟沟汊汊，还在半空中时小言便从朵朵云雾的间隙看到半山腰自家新落成的瓦屋。

瓦屋前，那个熟悉的贤惠身影正靠着砖墙，一朵一朵择着棉花。

一样闲不住的老爹，正蹲在房前一棚丝瓜架前，专心盯着眼前丝瓜的藤苗，看样子正在捉虫。

多时不见，似乎辛苦了一辈子的老爹终于习惯了现在的好条件，懂得怎么享福了，在这样以前总是心无旁骛的劳动时间，却一手中端着个酒杯，每捉到一只虫子，便停下来喝一口酒，停上半天。

也不知是否因经历了大战，或是在风云变幻的南天吹多了风雨，往日表面旷达乐观内心坚韧的少年堂主，忽然觉得自己越活越回去了，不知现在怎么变得这般多愁善感，都有些婆婆妈妈了。

为什么才分别一年多，再看到自己的爹娘好好地过活，却鼻子一酸，竟似乎要掉下泪来？

压抑下激动的心情，揉了揉眼睛，小言招呼一声，同灵漪儿、琼容一齐按下云头，落在马蹄山的半山腰间。走了几步路，终于转到瓦房门前，小言便轻轻唤了一声："爹、娘！"

老张头这老两口跟儿子一年多没见面，自然格外激动。

他们这种半辈子都没出头的庄户人家，一直都希望儿子有个丰衣足食的好出路，甚至只要他过得好，哪怕这辈子都不相见也毫无怨言。只是虽然想得不错，但等到自己儿子一直在外面，不得相见的时间越来越长，心中的

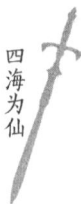

思念便如三月的竹笋，一夜间便已滋长蔓延，思念之情绵绵不绝。

对老张头夫妇来说，过去的这一年，又与以前不同。

从马蹄山上清宫道士口中，他们已听到许多南海大战的消息，甚至这一年里，他们夫妇几次往返于罗浮山和马蹄山间，躲避海南边恶龙党羽的报复。发生的种种，都让朴实了一辈子的二老知道，自己的儿子小言正陷在更大的危险中。

正因如此，他们日夜担忧。虽然有上回小言敬献的灵芝仙气滋养，又有上清宫真人传授的补气养颜法，但等小言一年后重归乡里再看到自己爹娘时，却发现他们明显苍老了许多。二老脸上的皱纹更深，听力也不如从前，行动间明显比以前更加迟缓。

见如此，小言表面欢欣之余，内里着实有些伤感。于是在这个返乡的日子里，小言暗下决心，等雪宜之事了后，便多用御剑之术往返罗浮山和马蹄山，多尽自己应尽的孝心。

再次回家，想起去年回家时带着琼容、雪宜是何等欢欣，没想到才过一年，已是物是人非，生死两茫茫，小言内心便更是伤心。

这日晚间，张家二老倾尽全力招待远归的儿子和两位尊贵的女客。略带甘味的松果子酒，自上回小言离家后便已酿下，珍藏多日，一朝启封，正是清香扑鼻，不仅琼容口水略流，连灵漪儿也被勾起许多酒虫。

那些绝对原汁原味的山珍野菜、果馔肉脯，对灵漪儿而言更是头一回享用，咀嚼吮吸之际只觉得美味无穷！于是在山居里简单的家宴上，面对这些完全上不了台面的民间食物，锦衣玉食的灵漪儿却和琼容嬉笑着争抢起来。

小言看得出来，自家这样自由温馨的用膳气氛，对灵漪儿而言是前所未有的，直到酒冷羹残，灵漪儿仍不愿离席。

第三章
江山夜雨，枕中清梦无多

大战结束后小言回家这三天，真可谓一刻千金。小时候在家中忽忽而过的时日，到这时却像先前在天地往生劫中被分割成无数个碎片的实物，每一刻都让小言感觉到它的存在，又眼睁睁看着它流逝，想拦也拦不住。

于是在稍纵即逝的短暂时间里，小言无比依恋地陪伴在二老身边，偶尔有空时，也只是在房前屋后不远处转转，在故园宅地上寻找那些远逝的儿时痕迹。

二月初五这天，正是小言回家的第二天。饶州城中颇有旧故，比如那位启蒙的恩师季老先生，稻香楼、花月楼等街坊酒肆的旧东家，这趟回饶州，本应去拜会一番，但小言决定只留在家中侍奉双亲。

到得这日，老张头夫妇也得知了小言近期的行程，知道初六孩儿又得去南海办件大事，等他走了，还不知相见之期又到何时。因此初五这天，夫妇俩招待久未回家的儿子，显得格外殷勤。

如何弥补儿子没能在家过年的遗憾？朴实的夫妇俩思来想去，决定给儿子补过刚刚过去的新年年尾农家最重要的节日——二月二"龙抬头"。

二月二"龙抬头"，对鄱阳湖附近马蹄山的乡村而言，正是一年中极为重要的节日。对于靠天吃饭的庄户人来说,这"年"从旧年末的腊月初八过起,一直到新年的二月二"龙抬头"这天才算结束。等二月二祝过苍龙上天后,他们才真正安下心来开始新一年里的农耕。

正因如此,老张夫妇才决定为小言补过这个节日,聊表一起过年之意。另外,由于夫妻俩一生简朴惯了,现在即便是为了招待自己的儿子,也须得找一个节日由头才敢大把花钱。

只是,虽然夫妻俩这般盛情,今年情况却有些特殊。当他们将积攒不知多少时日的银钱流水般花出去,买来丰盛的食物,精心烹饪好摆上桌后,不知不觉却惹来许多别扭。

原来,按乡间二月二的风俗,为了庆贺苍龙抬头,百虫降伏,这天大家吃的食物也都变了称呼。面条不叫"面条",叫"龙须面";普通的水饺变成"龙耳""龙角";而龙耳龙角和龙须一起煮时,又成了"千龙戏珠";米饭则变成了"龙子";连葱花煎饼也烙成传说中龙鳞的形状,号称"龙鳞饼"。

这些很久以前传下来的纳吉风俗,过了千百年都无事,叫得十分喜气顺口,但小言返乡时补过,因为一位特殊客人的存在,却显得十分别扭。

比如,小言娘盛了一碗饭,按着风俗恭敬说一声"龙子出世",端给灵漪儿女仙客食用。这时,一直不敢直视仙子容颜的老人家便没发现,她面前这位容光都丽的仙女听见这一声纳吉的称呼,也不知道想到什么,竟盯着眼前的米饭迟迟不肯下筷。

"哈……"

灵漪儿踌躇,小言察言观色,当然知道了症结缘由。

想通了缘由,小言心中也觉得十分古怪,为了打圆场,便端着碗筷跟娘亲说道:"娘,这二月二'龙抬头',是咱为了庆贺苍龙上天,让它保佑五谷丰登。现在我们把'龙子'都吃了,恐怕会亵渎神灵。不如我们不这么叫吧!"

现在对于小言的话，老张头夫妇俩自然都十分信服，一听儿子这般解释，老两口顿时改口，面对满桌的食物，不再言必称"龙"。山庐家居的节日午宴，这才又变得气氛自然，其乐融融。

这天下午，原本阳光灿烂的天气却忽然间风声大作，远近的山峰顶上瞬间阴云密布，伴随着可怕的闪电惊雷，豆大的雨点如瓢泼般落下，飞洒在远近的山坳草窝之中。

这场初春少见的暴风雨，一直下了半个多时辰才停住。等到风歇雨散，云开日出，刚陷于昏暗云雨中的马蹄山麓重新生机焕发。

蓝天下大大小小的山峰，刚被暴雨洗过，显得格外鲜翠欲滴；山涧间原本涓涓的细流，已奔腾成一条条阔大的山瀑溪流，从高处冲下，发出轰隆隆的水声。形形色色的山鸟被水声惊起，从丛林中兴奋地飞出，在碧云空里时聚时散，叽喳歌唱。似乎经过刚才一场暴风雨的洗礼，阔大无言的山林突然间活了过来，焕发出无比的生机！

云销雨霁，天空放光，刚慑于风雨之威避于屋中的老张头来到屋外。

这时他才想起，刚才狂风暴雨之时，似乎自己儿子并没有躲在屋中。等此刻看到儿子，发现他正和那位琼容义妹，站在离这边很远的一块突出山石上，一起朝东山外天空中那道好看的虹彩怔怔看去。这时，灵漪儿仙女并不在他们身边，老张头又去屋前屋后看了一遍，都没有发现，似乎已经离去。

肉眼凡胎的老张头并不知道，刚才那一阵突如其来的暴风雨，其实是四渎龙族的神辇到来，接他们珍宝一样的公主去浩瀚神秘的东海祖族中养护神体。

离别之际，自然难分难舍，纵有万语千言，也只有互道珍重，殷殷话别，暂订下来日相见之期。

如此难舍难离，万怅千愁，唯幸风雨如晦，即使泪水四溢，也隐在雨水之

第三章 江山夜雨，枕中清梦无多

019

中,不愁失了仪态。

送别灵漪儿,到了晚间,看罢夕阳如画,宿鸟归林,小言与琼容便陪双亲用晚饭。

其后这二人又去东边突兀山岩上,望新月如钩,眼见东方苍龙七宿角、亢、氐、房、心、尾、箕自东天大地次第升起,如一条娇娆的玉龙飞舞于东边天际。

冷月星光下,这时再看东边方圆千里的鄱阳大湖,正是云水苍茫,渺无涯际,其中岛屿罗布如棋,浮沉于星水之间,就如心间许多记忆,缥缥缈缈,如在天际……

这一晚,回到家中卧榻安歇,还未入眠,外面又下起淅沥的春雨。

春雨如愁,落在屋外瓜架草叶上,淅淅沥沥地响个不停,一声声如同敲在心底,在这样本来就难入睡的夜晚,更添人愁绪。

辗转反侧,万难将息之际,敏锐过人的耳力又仿佛从缠缠绵绵的春雨中,听到远处山林间竹笋树苗拔节的声音,便更加不能入眠。

迷迷糊糊之时,小言忽然觉得自己好像披衣而起,推开木扉,走过篱门,穿过帘幕一样缠绵的雨丝风线,在一片烟雨飘摇中行行走走,停停歇歇,不一会儿便回到了当年土丘一样的马蹄山山顶。

"咦?"

穿过连绵的春雨,再回到低矮的马蹄山顶,小言见着眼前的情景,却忽然觉得有些惊奇。

"那块白石……不是经过雷劈,已经炸碎了吗? 还有那位是……"

春山夜雨里,那块多少回现于梦中的月下白石,正安然无恙地躺在自己的视线里;那层如织的烟雨里,静静白石上还端坐着一位窈窕婀娜的女子,背对着自己,周围浮动着一层如烟似雾的迷离星光,和春山雨夜和谐成一幅无比静美的图景。

"奇怪,下着雨,哪来的星光……"

空山,春雨,白石,美人,见到这一情景,四海堂堂主对眼前违反常理的景色颇为怀疑。

"是了,一定是梦。"

思想了一会儿,小言恍然大悟。

是了,一定又是琼容调皮,或是小魔女捣蛋,夜里无聊便经营了一个梦境只等戏耍自己。

说不定,女子一转过身来,便是琼容那小丫头正跟自己挤眉弄眼扮鬼脸。又或是耿耿于怀的小魔女莹惑满脸嘲讽,持着魔王神鞭一记打来……

"冤枉!"

刚懵懵懂懂想到这里,小言便猛然惊悟,觉得不能上当,想赶紧从梦境中醒来!

只是正在这时,却见白石清光中的女子忽然动了,长裙波动,盈盈立起,如飞羽般轻盈一旋身,朝自己笑吟吟呼道:"张家小郎君,真个负心;讨得奴家便宜,却欲不认故人。"

小言其时拔足欲奔,闻声回头一看,见得那女子,却是大吃一惊!

正是:

> 醒眼浓如梦,
>
> 春怀淡似秋。
>
> 洛神何处赋,
>
> 新月一弯流!

第四章
月缺花飞，肝胆谁怜形影

"你是……"

梦回马蹄山，清夜烟雨中遇见白石边的女子，听她口气似乎与自己十分熟悉。只是等她回过头来，小言却见女子脸上一片清光迷离，无论是青丝还是俏靥，全都陷在一片迷蒙的烟雨里，又有淡云悠岚环绕，只瞧见大致轮廓，具体音容并不十分清晰。

遥见这女子，他又发现，若淡淡看时，那秀靥娇躯仿佛近在眼前，被雨中犹挂的一轮新月一照，妩媚玲珑，袅娜端雅；只是若想睁眼仔细看清，伊人却又倏然远去，如藏云雾，几乎什么都看不清楚了。

虽然似近还远，如真如幻，有一点小言倒可肯定，那便是眼前袅娜如仙、若往若还的女子，自己以前从未见过。

在烟云梦里，似乎什么都心口如一，心中这般想时，脸上已流露出迷惑的神色。

见得小言如此，美貌女子只低低说了句："原以为学得这样说话，便能熟络。"

自言自语说完，她便一改黠色，清了音容，在雨丝烟云中朝这边敛衽道了一个万福，端庄说道："妾身瑶光，今日特来与主人道别。"

"……瑶光?!"

"请问你如何认识我，又怎么称我为主人？"

虽知是梦中，小言这时却未忙着醒来。此际他已察觉，眼前所经之事似梦非梦，道假还真，与往日梦境大不相同。因此，他便与那女子认真对答。

瑶光知他困惑，便也不再顾左右而言他，微微又福了一福，就将来龙去脉和盘托出："主人不必惊恐。妾身正是封神剑灵。那夜马蹄山露出峥嵘面目，我也自山中惊醒，和剑托付主人。说来自那日算起，到今天正是三年。"

"原来如此！"

听到这里，小言忽有些晓悟，低头一算，想起那年自己家中祖产荒山突然崛起，好像也正是二月初六的凌晨！

想到这一点，小言心下有些骇然，却听瑶光剑灵还在诉说："若论前身，妾本灵母劫后一缕神魂。灵母，宇内众善之本，自太初时与诸邪之源浍紊恶战，封其灵魄于蛮荒海外鬼灵渊中。灵母亦受重创，忽忽去后，唯留妾魂识一道，千万年来依形于大地荒川，随时变化，守浍紊不出。妾自号'瑶光'，只因偶尔遨游上天，附形于北斗第七星上，喜其民间称呼，便沿用至今。

"约在一千年前，妾身感知南海灵渊之物蠢蠢欲动，便早做准备，化身灵剑，积蓄灵机。因缘守时，冀遇福缘广泽之人，一朝出世，斩御邪魔！"

说到这里，面目朦胧的神剑灵女对小言嫣然一笑，飘飘又是一个万福，语若莺声般谢道："幸如今，主人那一式托形于天地往生劫的巨斩洪击，果然截断恶神命机，重封它于荒星之上！"

"……原来这样！"

听剑灵瑶光话语，对于三日前之事小言终于略有些明悟。

正要致谢一番,却见灵女音容愈加缥缈,悦耳的声音如从千里外云端飘来:"嗯……瑶光应幸识人之明。以主人今日能力,放眼宇内鲜有能敌。于此我亦略有忧心,故日夜傍影随行,明察内心,却见主人依旧如少时般淡泊随世。争其必争,弃其可弃,表里如一,蒙蒙然浩浩然抱朴于世。如此,瑶光千年之梦既至,亦可安心眠去矣……"

"嗯?"小言闻言,略有些讶异,"你要离去?"

想他在一侧专心听得这么多时,一直在对照瑶光话语印证心间一些往事,此刻忽听得她离别之语,自然好生诧异。

细数前情,他和这位神剑仙灵,三年来前后对答不过二三回,但期间自己与她亦师亦友,今日忽闻别离之辞,竟十分伤感,挽留之意更是溢于言表。

"嘻……"见小言如此,天地灵母余下的一缕仙魂忽然展颜而笑,神光摇动,略带些俏皮地说道,"小言,仙路自不缺瑶光一人。前日大战,瑶光精神损耗,也该小憩了。"

一言说罢,不待小言答话,瑶光纤指飞弹,以漫天雨珠为响磬,敲起一首玲珑的乐调,漫天雨乐中,缥缈的神女轻启歌喉,在雨雾月光中唱起一首古雅的歌谣:

> 物外莫能窥我奥,
>
> 举世不能瞻我颜,
>
> 劲秋不能凋我意,
>
> 芳春不能乱我华。
>
> 超尘冥以绝绪,
>
> 岂世网之能加?
>
> 故是不我思,

何时能相忆?

当学海上神,

逐风潮往来。

勿如天织女,

待填河相见……

长歌古丽,传递出超尘脱俗的心意,舒缓轻柔的歌唱,如小溪在耳边悠悠漂流,又似是春夜月色中母亲的催眠歌曲,不知不觉便让人沉迷。

清梦半沉,残月在树。流音婉转,万念若消。

忽然之间,小言便落入歌唱的河流,随波荡漾,眼前的水光月光星光渐渐连成一片,又慢慢黯淡,当抹去这段沉迷的记忆时,终于堕入黑甜无觉的梦乡……

初六这天早上,小言一家人起得都很早,包括一向贪睡的小姑娘琼容。

清晨起来,小言发现淅淅沥沥响了一夜的山雨早已停住,去附近山泉边打水时,在山路上行走,看到昨晚虽下了一夜的春雨却只是稍稍湿了土皮。

拎着满满两木桶泉水回来时,朝四处随便看看,想看看有什么好看的晨景,却只见无论高低远近,所有山丘都仿若陷在白茫茫一片云雾中,几乎看不清一丈外任何的景物。

沿着蜿蜒的山路往回走,偶尔倏忽变幻的山间晨雾迎面扑来,便忽让自己遍体生凉,水淋淋如在细雨中淋洗。

清晨打水时,琼容也跟在身旁,眼见大雾对面都不见人,一路走时便赞不绝口,说这正是玩捉迷藏的大好天气。

等到了卯时之中,小言便和爹娘告别,带着琼容御剑飞离马蹄山,一路直往南海而行。初上路时,几番回头观看,见炊烟渐远,茫茫白雾中马蹄山诸峰突兀其上,如同海中仙岛一样;待东升的红日一照,诸峰杂彩斑斓,披金带紫,又如金甲神人遨游云海一般。

到了南海之滨,飞临到浩渺无涯的万顷海波之上,也不过才是辰时之中,前后不到一个时辰的辰光。这时无比熟悉的南海大洋中,也正是旭日初升,霞波万里,如染胭脂。

到了南海,小言和琼容也不去别处流连,径直往三日前和羲和女神约定之地奔去。

急匆匆赶到那里,也不知是否时光尚早,浩瀚海面上只见风浪滔天,并没有女神丝毫踪影。

见如此,小言有些着急,只是烟波路迷,往来逡巡,找了半天还是不见女神踪迹。正当小言还要细找时,却忽在风浪涛声中听得一声嘤嘤的哭泣。

"嗯?!"

听得异响,小言便朝琼容招招手。

琼容顿时会意,和哥哥二人各持刀剑,兵分两路,无比娴熟地从两边循声包抄而去。

一路蹑踪潜行,等绕过一个高扬的波峰,警惕万端的兄妹俩便忽见水浪波涛中跪着一名女子,姿容姣好,只是衣裙褴褛不堪,正低着头对着波涛不停地哭泣。

见得这个女子,略打量一番,觉得对方无甚恶意,小言便收了刀剑,好心开口问她:"不知这位姑娘,因何事啼哭?"

听得有人说话,女子忙停了哭泣,略有些慌张地抬起头来,看向说话之人,这一瞧不要紧,女子见了小言的模样打扮,忽然大惊失色,如小白兔见到毒蛇,又似被毒虫蜇了一下,忽地弹身而起,仓皇想要逃去,谁知慌乱间被水浪一绊,却是扑通一声,摔倒在汹涌海波里!

"呃!"

见这样,小言倒有些莫名其妙。扬袖定住眼前波涛,以波为镜照了照,却见自己今日悉心打扮下正是仪态庄严,虽然也有几分英风扑面,却还是一团和气,和平时也差不多,并不吓人。

见如此,小言更加疑惑。

正待开口再问,却见那位刚刚还惊恐万端、唯恐避之不及的奇怪女子,不知是否缓过神来,突然间又像疯了一样穿过海涛扑了过来,一跤摔在小言面前,直挣扎了几下才终于勉强摆出跪拜的姿势,但又不能保持,只得趴伏在地,伸手抓住小言的裤脚,口中还未说话,却已号啕大哭!

今日正是大事当前,南海中又刚刚发生了那么多风波,小言正是机警异常,如何能让来历不明的女子扯住裤脚?女子刚一抓住他的裤脚,他立时抬起右脚,啪的一声腿起脚落。等旁边琼容转着脸看清时,清秀女子已被小言踢到三丈之外!

"咄!"平日的温和少年,这时候却大喝一声,高声叫道,"这位姑娘,有什么话请直言,再勿近前!"

"……呜呜呜!"

听他这一声断喝,面容憔悴的姣丽女子忽然一愣,也有些清醒过来。只是这时虽有满腹的话要说,还没开口却又呜呜啼哭起来,想停也停不住。

这时小言终于判明这女子应该无甚恶意,当即便在旁边耐心等着,准备弄清啼哭女子刚才见到自己为何这般激动。

耐心等过一时,女子终于止住哭泣,稍能正常说话。从她断断续续、抽抽噎噎的话语中,小言才知道原来她叫月娘,是孟章生前的侍奉丫鬟。

得知来人姓名,又听了半天,小言才得知月娘丫鬟的用意其实很简单。

听她说,虽然旧主人恶贯满盈,该当被仙君杀死,但她顾念主仆旧情,看小言能不能大发慈悲,准许她将旧主人的尸体收殓,不受风吹日晒浪打鸟啄之苦。

刚听得月娘这般说时,小言还有些奇怪。为什么孟章尸体收殓一事还要来问他? 不过转念一想,立即明白了其中关窍。

毕竟孟章恶贯满盈,惹下天大祸害,也给南海带来了空前绝后的浩劫,死后自然是不得顺利下葬的。

听过月娘陈情,小言倒觉得现在战后诸人已算仁慈,还能留孟章尸身在海中漂流,没将他碎尸万段。再听月娘诉说几句,他才明白南海四渎之人为何对孟章如此仁善。

只因孟章为小言亲手所杀,他们为了表示感激和敬意,商定无论海内海外还是天上天下,只有小言一人有权处置孟章的遗体。

听明白这关节,小言当即笑笑,根本不作多言,便袖出纸笔写下谕令一道,交予月娘。小言告诉她,从现在开始,她拿着这道谕令,可随时将孟章尸体携归安葬。

见得小言这么好说话,月娘又惊又喜,迟疑了半天才接过谕令,颠来倒去反复看了几遍,才千恩万谢而去。

暂不说月娘如何处置孟章遗体,再说小言身边的小姑娘。刚才眼见月娘求情,琼容忽然想起一事,这几天事忙,都差点忘了问,此时想起来,便赶紧问小言:"哥哥,为何你上次在这月娘姐姐的坏蛋主人耳边说了几句话,就把他杀死了?"

未等小言回答她先歪着脑袋猜道:"是不是哥哥说了什么可怕的话,就把他吓死了?"

"……哈哈!"

其时小言正目送月娘远去,忽听琼容这话,当即忍不住哈哈大笑!

不过笑声方歇，转脸瞅瞅晨光中如同敷了一层烟霞胭脂的粉玉小姑娘，心中想道："是了，气死孟章这事，大抵也只有琼容与羲和能看出！"

原来，上回除了琼容和羲和，其他人都离得太远。大多数人只见小言靠近孟章，稍一俯身，那不可一世的恶侯就立时绝气身亡了。

目睹那一情景，事后几乎所有人都认为，孟章能够毙命，肯定又是神威卓绝的小言施了什么不世法术。所以除了羲和、琼容看清楚了，其他人都不知道真正发生了何事。

现在听琼容相问，小言便告诉她："琼容，上回哥哥也没说什么，只是把孟章那坏蛋毁掉南海龙宫、杀死千万南海龙族的事情告诉了他。"

"嗯……嗯?!"琼容听了却更加迷糊，眨了眨眼问道，"哥哥，那孟章不是坏人吗？坏人听了这话怎么会吓死?"

"呵!"小言也猜到琼容会有此一问，便跟她认真解释道，"琼容，你不知那孟章先前作恶，只是因为一念之差，被那恶灵蛊惑。为非作歹之时，孟章、恶灵实为一体，但等我施出天地往生劫将那恶灵斩离，孟章便回复了正常的神志。所以，即使他那时依然很坏，但只要我告诉他，先前他对自己的族人做了什么，便足够让他悔恨得心脉尽碎而死!"

"啊! 这样啊!"听得小言解释，琼容觉得自己有些明白了。

只是转念又一想，她却还有些想不通："哥哥，那既然坏人已经后悔，为什么不让他保证以后不做坏事就放过他，一定要杀他呢?"

"呵……"小言耐心解释，"琼容，有一句话说得好，'树德务滋，除恶务尽'，这话意思就是，像这样坏了心肠干下不可饶恕之事的坏人，他必须得到报应。所以哥哥才杀了他!"

"噢,原来是这样啊!"

听小言这一解释，琼容终于恍然大悟，只觉得自己已经全部明白了。当即，她便欢欣鼓舞，一心陪着哥哥再往和神女姐姐约定之地行去。

她却不知道，对她刚才的那个疑问，小言还有个更重要的理由藏在心底："唉，那孟章害了这么多亲族，又恢复了正常神志，即使我不杀他，他又如何能活在这世间？"

这答案他有心跟琼容说，却因为其中道理颇为深刻，若说给琼容听，不但解释不清，还会让她更迷糊。

且按下他们这边不提，再说刚才离去的龙宫侍女月娘。自得了张小言的准许，这个已十分憔悴的女子使出全身气力，一口气赶到孟章尸体漂流处，跟守卫的兵将说过，便背起僵硬的尸身往大海深处行去。

一路艰难而行，感受到背后之人冰凉的身躯，忠贞的侍女心潮起伏，不能平静。她怎么也不能想到，前后不过数天，便风云剧变，天人永离。

这几天每当回想起所有这些事情，试图理清其中的脉络时，曾受孟章恩宠的侍女便感觉天旋地转，一团迷糊。

是啊，她月娘一个小小的侍女，如何能想清这所有变故？在她看来，这些人都是好人。孟章是好人，四渎龙君是好人，张小言更是好人。可是为什么这些好人会这般仇恨彼此，一定要斗得你死我活？为什么不能安享美好的晨昏雨露，一起好好地过活？

当然，她月娘虽然是个小女子，不懂得这些大英雄大人物的世界，但回溯这回发生的所有一切，也知是自己的爱人行恶。

所以，这几天里她想取回爱人的遗躯，也觉得十分理亏。虽然也练得一身剑法，却除了啼哭哀求，没有任何其他办法。

就这样走走停停，哭哭叹叹，半晌后终于行到一处小小的沙洲。到了此处，月娘一时再也走不动，便将背后的爱人放在泛着白光的沙滩上。

晴空下，白沙中，月娘见熟悉的身躯依旧威猛高大，只是脸色苍白，嘴角带着血迹,浑没了令人心醉的勃勃英气。

现在,四外只剩下他俩,她终于能轻轻地将他嘴边已经凝固的血迹抹去。也只有到了这个时候,苦命的女子才终于敢将那个盘桓心底已久的想法,面对着自己的爱人坦白说出。

"孟郎……有来世吗? 若有来世,来世我们依旧在一起……那时,不要你为我建功立业,只想在每天清晨醒来时,能见到窗台边你为我折的鲜花一朵……"

眼前日照沙滩,海潮阵阵,说完这句话之后,月娘迷蒙的眼眸竟似乎见到躺倒的孟章倏然站起,一双灼灼虎目中充满柔情,一如往昔深情望着自己。

忽然面对梦幻一样的情景,年轻的侍女忍不住惊喜地叫了起来:"孟郎,你活了吗? 没事了吗?!"

叫到这儿,女子忽然觉得有些异样,一直看着的英俊威猛的面庞忽然消失,视线中只剩下蓝天白云,一望无际,空阔得可怕。

"嗯……"轻轻地吐了口气,心力交瘁的女子仰面倒下,脸上带着安详满足的笑容,在海浪潮声中溘然逝去……

第五章
桃摘玄圃，故家五色云边

轰轰烈烈的南海之战终于结束了。

谁都不曾想到，旧水侯孟章临终一击，竟让大捷变成惨胜。四渎、玄灵固然折损良多，南海龙族更是损失惨重。经过战后点检，发现二月初三这场战役中南海龙域战殁人数，竟远超他们在这场连绵数月的攻伐征战中死难的总数。

追忆逝者，固然悲戚；着眼来日，却未必惨淡。旧有的格局渐近腐朽，不经历这一场野火燎原般的征战磨难，那些腐旧的人事未必会自行消逝。

细细检点这番大战的功过得失，南海大战后得利最多的，却不是挑头的四渎。玄灵教，或曰玄灵妖族，成了这场战争最大的得益者。

与南海龙神作战，不论胜败，对长期低迷的妖族都是一个巨大的鼓舞。更何况，这场神幻大战中许多决胜场面，全是出自他们教主小言之手！这样鼓舞人心的事迹，胜过所有底气不足的自吹自擂！

他们得到的还不止这些。南海大战彻底结束后，四渎龙君主持赏罚，要选出十三个战功最著之人，颁以宝物赏赐，最后千挑万选的结果，妖族中居然有三人入选！

大战之时四渎龙君曾命其子洞庭君督促龙族神匠于大虞泽畔增城之山立铸剑炉，以龙宫秘法，采霞铁之精，引神风，升离火，淬金砺玉铸剑十二口，预以"出云"为号，饰以美玉霞缨，一俟大功告成便由云中君亲自颁给战功最著的十二人。

也不知是否是巧合，就在大战即将结束的一月末，某一天神剑终于出炉。

这样的神剑，几若天成，裂鼎出炉时结果如何，神鬼莫测。只知当时剑山崩颓，霞风万里，十数把神兵光莹满天，飞腾于九霄之上，风华阵阵，如霞中落雪。等神剑归位，细细点数，竟比预计的多出一把，共计十三把。

十三把出云剑现于世间，寒气迫人，即使放在日中或是靠近炉火，剑刃上依然满覆霜雪。稍一挥动，便是冷气千条，种种雪气彩光摄人心魄，十分神异。于是大事安定，经过认真遴选考量，剔去身份特殊的张小言，云中君便将十三口出云剑颁给十三个功臣，他们是：

四渎黄河水神冰夷

四渎汶川水神奇相

四渎谋臣罔象

四渎彭泽主楚怀玉

四渎静浪神银霜

四渎阳澄湖令应劭

四渎巴陵湖神菜公

南海伏波洲主孔涂不武

中土上清宫灵虚真人

中土上清宫仙子张琼容

玄灵族麟灵堂主坤象

玄灵族羽灵堂主殷铁崖

玄灵族漠北黑水狼王柤吉

十三把出云剑本身已是神异,作为功勋赐剑,意义更非比寻常。

对得剑之人来说,大抵已不在乎赏赐之物本身的价值。若单论宝剑本身,不过装饰洞府,光耀数里,哪及得上千载留名?从此十三把出云剑主人的名号,便流传于湖海江河,受众人景仰。因着南海之战的前事,后来这十三人便被称为"出云十三将"。

说起出云十三将,又因赐剑之人云中君对张小言曾有"我辖云中,君辖云外"之语,当传说渐渐久远,出云十三将也被传说成了张小言麾下最杰出的十三位神族将领。

当然这些都是后话。除了这些荣耀,妖族还跟其他灵族结下了更实际的盟誓。南海大战落幕,一切尘埃落定,玄灵妖族便和四渎水族、南海龙族、焦侥魔族,以及以上清宫为代表的中土人世,在南海中距离大陆较近的一块海洲上订下盟誓,宣布五族从此共和,互相敬重,世代永息兵戈。

妖神人魔之间的盟誓,除签下盟书各自收藏之外,还将誓文篆刻于不坏之物,希望世代永存于世。时至今日,烟波之中的海南岛尖峰岭下,游人还能从青梅等树的年轮之间辨认出一些当地植株特有的花纹,形类古篆。据当地人说,那便是当年四方妖神人魔在海南草木中刻下的结盟誓文。

再说小言,他那日依与羲和神女之约,与琼容一起来到南海之上,几番徘徊,除了孟章旧婢月娘,并没见到许诺之人。日头不知不觉转到头顶正中央,快到晌午时,他们还没见到羲和的踪影。

时近中午,正当他们往来徘徊有些焦躁时,却忽然遇到些异象。

当时，小言刚听了琼容建议，两人一起潜入海中寻找，半晌无功后钻出海面，倚在大浪中还没等定下神来，便感觉到周围有些异样。

原本入水前，晴天的晌午天空碧蓝如洗，阳光灿烂明媚，一览无遗的海面上奔涌起伏的海浪如阳光下闪闪发光的白雪，晃得人眼睛直发花，但现在等小言和琼容重出水面，抹去脸上的海水睁眼看时，却发现眼前一片昏暗。虽然天空中仍旧没有多少云彩，太阳孤零零地挂在天空，但不知何时这轮耀眼的白日已变得灰蒙蒙一片，好像刚才趁他们潜入海中便蒙上许多灰尘黄泥一般，完全失去了光彩。

这时远处那些漂流的云翳，昏黄流离，衬在同样昏暗的天空背景上，就如同一片片快化掉的薄荷糖。

看到这样的异状，正自踌躇，小言忽见南边火光大起。抬目凝神，只见大海南面红光艳艳，连绵若帐。奇异的光帐撑开来约有十里，定下神仔细打量，便发现光帐中间影影绰绰，竟似有奇峰连绵，巍峨突兀，其中更有许多山峰火焰喷射，仿佛火山虚空倒影，成为海市蜃楼，映到了眼前。

看到海上奇峰突起，小言一时有些犹疑，正自踌躇迟疑时，忽听虚空中一个温和的声音从四面传来："张小言——"

干净柔和的声音说道："昆仑之门已开。若不惧祸福莫测，便请入此门来。"

"羲和……"小言听到冥冥之中传来的话音，辨出正是前日羲和神女的声音。

听羲和相召，小言再不迟疑，拉着琼容，御剑而起，踏进万丈红光里。

"轰……"

刹那间，昏暗的空中一声巨响，仿佛有一道神秘莫测的天地之门霍然洞开，将两个贸然踏入之人霎时吸入其间！

......

"这是哪儿?"

踏进神女羲和布下的昆仑之门,张小言懵懵懂懂间举目四顾,只见周身外似乎无天无地,无上无下,无左无右,到处都只见绵延不绝的熊熊火焰。天地间除了他和琼容这两个不速之客,只剩下一望无边的鲜红烈焰和火底烧软的熔岩流浆。

这样奇异的烈火空间,却看不到丝毫飞烟火尘的存在,许是因为喷发万丈的焰苗太过炽热,落入其中的一切,无论能否燃烧,全都在一瞬间被蒸发成热气,丝丝缕缕,融入到无边无际的火海中去了。

在能够烧化一切的火焰山里,感受着逼人而来的烘烘热气,小言奇异修为下惊人的直觉刹那间超常发挥,躲避烈焰之余,预感到在炎烈寂灭的熔岩火山里,即使自己比前几日面对战孟章时还要超常发挥,也挨不上片刻工夫。到那时,一切都将寂灭,他张小言和琼容都得成为流焰飞灰!

这时,小言抓住琼容在烈焰交织成的网栅间御剑疾飞。随着他疾驰的身影,四处焰底流浆的颜色变得更加明亮艳丽,散发出蛊惑的光芒。只要小言的目光一对上无处不在的明艳熔浆,就会被深深吸引,不知不觉间飞行的轨迹也会向那处偏离,他忽然理解了扑火飞蛾的心情,要去明亮艳彩的熔岩浆壁上印下自己的形迹,灵魂则化作一缕烟气,永远留在热烈奔腾的炎火之山中,与千万道飞焰流光融为一体……

"走!"

面对这样的险境,经验丰富的四海堂堂主毫不迟疑,左手一举,脚下封神剑崩腾而起,如一道闪电在面前划过,瞬间在高举的左手五指上划过一道道血痕。

十指连心,剧烈的疼痛让人清醒,再加上太华道力凝神定气的卓著效力,闯入炎火神山的四海堂堂主立即摈弃了火灵的诱惑,拉着琼容,如过天流星,从方圆不知凡几的炎火之巅飞过,将火灵乱舞的狂暴之山远远抛在脑后。

只是,才过火山,还没等松一口气,却又是一种异样的感觉袭来。

清凉,舒爽,仿佛从汗飞如雨的大夏天忽然踏入风吹千里的竹海,一种惊人的清爽感铺天盖地袭来。

尤其是刚经历烤炉般的坎离真火烘炼,再突然遇上这样清新凉爽的感觉,身心如何舒适,已非言语可以描绘,只知否极泰来般的惊喜之时,甚至有愿为这片刻清凉而死的感觉!

于是,让人迷醉的惬意,配合着万丈之下鹅毛不浮的弱水之渊,与炎火神山截然相反的清凉沉醉变成了另一种致命的寂灭。

昆仑天墟外围炎火之山下的弱水之渊,平滑如镜,水光如黑宝石般幽深,漫流环绕在天墟外,流淌不知几百几千里。

这条与炎火之山一道考验闯入之人能力心智的弱水之渊,犹如热恋中情人多情的眼睛,幽重而含蓄。深渊水面不起丝毫波纹,似乎一眼便能见底,却不知何故,如此清澈见底光洁如镜的水渊,看去却如黑缎丝绸般凝重,对着它丝毫看不到自己的倒影。

"其水有灵!"

当小言充满着愉悦快意从火山之巅向弱水之渊坠落之时,他心中充盈着一种莫名的感动。

沉默无言的水渊,倒映到脑海之中,却仿佛出现了一位幻丽出尘的神女身影。

缥缈的女神,脸上焕发着圣洁的光芒,用最温柔的声音在耳边唱着委婉的歌曲——快来吧,快来吧,当污浊的身躯重归圣洁的怀抱,一切无谓的烦恼都将归于虚空的烟尘,你将沉睡在这永眠之地,直到世界的终日……

"我来了,我来了!"应和着心底迷人的歌调和呼唤,小言如一片秋叶从高山坠下,带着满脸幸福的笑容,朝万劫不复之地欣喜落去。

"哥哥!"

正在这个紧要关头,忽如一声春雷响起,虚空中的黑点快坠入深渊之前,几乎只剩几尺几寸时,浩渺无涯的清光中忽然闪过一道身影,就好像掠海而过的白鸥,伸展着初丰的羽翼,从小言飞坠的身下滑过,一把将他托起,小言便如一团被狂风推着的白云,从幽深的弱水深渊倏然出岫,在半空飞掠而过,投向远处高空迷漫的烟云!

……昏昏沉沉,直到良久之后——

"哥哥,你不用谢我!"

当小言清醒过来,跟琼容道谢时,纯挚的小妹妹毫不居功。

他们兄妹俩,现在正在奇异空间中一条云路边休憩。靠在一块光泽滑润的玉石边,小言惊魂甫定,忙着安神定魂,琼容则东张西望,十分好奇。不过,即使琼容四处观望,也看不到什么。现在他们身外到处都是涌动的云雾,铺天盖地,看不到远处分毫的景色。

在这条云路边休憩了一会儿,琼容认真看了一下小言的神色,见他脸色仍有些苍白,便自告奋勇,说是要去附近找些能压惊的食物。没等魂不守舍的四海堂堂主反应过来,好心的小姑娘已弹身而起,蹦蹦跳跳走入云雾之中,再不见踪迹。

琼容此去,倒没让小言担心太多时间。不过一会儿工夫,便见小姑娘从弥天漫地的大雾中显现身形,两手中各举着一只硕大的雪白果子,朝这边飞跑过来。跑动时,琼容两眼都不离手中的果子,似是怕它们突然逃掉。

"这是什么?"

等琼容走近,小言看清她手中托着的果子。看形状像两只丰满的桃子,不过看颜色光泽又不太像,小言便不敢确定,问琼容道:"这是桃吗?"

"是!"琼容两片薄薄的嘴唇上下一碰,清脆答道,"这是好吃的玉桃!"

"哦? 莫非真来到西昆仑了?"

先前已经历炎火之山、弱水之渊,再听琼容这么一说,小言对照以前看过的典籍记载,心道自己怕是真已来到众仙之地、天神之墟的仙山昆仑。

这时,因为刚才被炎火之山烤过,确实口渴,小言听得琼容"玉桃"之语,不免有些流口水,便伸手要拿琼容手中的玉桃。

刚要拿过来,却听琼容说道:"哥哥,这玉桃不着急吃。哥哥再等一会儿,等琼容找到水井,用这边井里的石髓玉液水洗过,才能给哥哥吃。现在这桃就像块石头,着急吃了会崩掉牙齿的!"

"呃……"听得琼容这话,小言有些惊讶,随口问道,"琼容,你怎么知道这玉桃吃法的?"

"我……"没想到随便一问,琼容竟被问住了。

"是啊,我怎么知道的?"

琼容目瞪口呆,手指搅着衫裙,顿时犯起了嘀咕!

正是:

春日乘槎,

行到天孙渚。

眼波微注,

将谓牵牛渡。

见了还非,

重理霓裳舞。

都无误，

千年一遇，

休讶张郎顾。

第六章
万景之园，云海霞波翠华

　　小言乍离火山险渊，到了昆仑圣境中，心中却丝毫没什么如释重负之感，在烟云迷漫的路边歇了会儿脚，便叫上琼容，一起小心翼翼地迈入高深莫测的云雾之中。

　　出乎小言意料，刚刚眼见着灰蒙蒙的雾气弥天漫地，仿佛没有尽头，谁知才向前走出不到一里，眼前便豁然开朗。不知怎样他们就已从云中转出，衣上雾痕犹湿，眼前却已是一片花团锦簇，满目芳华！

　　迈过无常界，便是鲜花国。

　　眼前大概是一处山坳，仿佛人间阳春的景象，遍布着繁花碧草。

　　艳艳骄阳下山坳两边延伸的山坡上生长着大片的花木，繁华茂盛，连漫如云。

　　林中花色鲜艳，淡紫挨着娇青，雪白连着嫣红，仿佛天边一段段霞锦轻轻地落在眼前。连绵不绝的花林颜色又纯粹分明，若一片林木花白如雪，如云海雪浪，其中不掺杂一点其他的杂色。在小言的记忆里，这样壮丽如海的山木花林还是头一回见着。

　　花色如此灿烂鲜明，小言兄妹俩一时迷了眼。

伫立移时，等渐渐适应了璀璨的花光，小言便见得林中有路。离自己最近的那片开着粉红花朵的桃花林里，一条小径与一道清溪相互纠缠，从斜后云中而来，绕过一株盘曲如虬的老桃树蜿蜒行入花林之中。

看见路途，小言便与琼容循径而入，沿着流水潺潺的溪流小径走向花林深处。也不知是否扑面的花香能醒人脑目，直到这时，小言才忽觉步履飘摇，自己几乎不需用力，便一跨四五尺，只是寻常行路，却已半飘半走，眨眼便来到花林深处。

"瑶草一何碧，春上清流溪"，一路徜徉行走，犹在画中梦里。

小径微风，繁花自落；清溪蓄翠，落英缤纷。花飞拂袖之时风飘其芳，在寂寞幽深的花林中行走，便连琼容也忍住了欢笑，恐惊动难得的幽静。

香径邈远，并忘归途。到最后便连小言也忘了自己和琼容深入林中，只是为翻过这座山头。

如此溯溪而上，彳亍而行，终于到了花林尽头。

到这时小言才如梦初醒，发现自己已站在花丘之顶。

登高一望，小言发觉自己才不过走出小小一隅。花丘下，大地望不到尽头，其中琪花瑶草，气象何止万千！

无边的风景中，丝丝缕缕的烟云缠缠绵绵，脚下一朵朵缥缈的白云仿佛在时刻提醒他们，此地并不是人间。

也许不用烟云提醒，小言也知此时此地不同凡俗。才走过春光无限的烂漫花林，他眼前已是一片火烧一样的枫林。

十里相思枫叶丹，也许不用十里，在浪漫如火的枫林中行过，便到了一片菡萏飘香的莲湖。

从莲叶田田的清浅碧湖中涉水而过，飘飘然时莲叶留人，荷香入衣。

至莲湖尽头，涉处竟已冰结，及至岸上，已是一片寒风呼啸、大雪纷飞的雪原。

过了雪原,却又是麦浪翻滚,旁边遍野葵花,荡漾如金色的大海。

一路行来,仿佛时间与季节的轮转已变换成距离。往往不过走出四五里,便从冬行到夏,从春跨到秋。从丽日走入雨中,从朗朗晴日走进繁星满天,也只不过迈出一步的距离。

不仅如此,在这样包罗万象的风景中行走,还有其他奇异的感觉。

开始时,小言只觉得心旷神怡,意气飞扬,只道一路风景如画,心中快活,到后来他才渐渐察觉,原来置身这样仙灵神幻的圣地,无论何时都是意气风发,就像在人间做了得意之事后那般傲然快然,满心都是高兴畅快的感觉。行步之时,又身轻如燕,这时小言才明白,什么叫真正的"飘飘欲仙"!

只不过,在这样如画的风光中行走,小言却渐渐看出些古怪来。

原来,景象万千的昆仑圣境虽然地大物博,多树少人,但穿花寻路之际,不免也影影绰绰地见到些装束飘逸的仙子神人。只是,不知何故,偶尔遇到这些仙样人物,他们尽是一瞥辄去,不等自己赶到近前,便已消失无踪。

若只是这样,倒也罢了,毕竟仙人无踪,怎可让凡人轻见?只是这一路上还遇着些圣兽仙禽,无论是姿态优雅的仙鹤还是相貌威猛的神虎,只要自己和琼容赶到近前,还没等有什么表示,便个个战战兢兢,要么羽歪腿折倒地不起,要么夹起尾巴一声不吭地跑得无影无踪。

"……不对!"

刚开始时还没怎么觉察,等见得多了,小言心中才暗觉有异。又经几次之后,他只觉得神墟仙地美则美矣,却处处透着古怪,行得多了,身上竟有些入骨的寒意。

这样行行走走大半天,却找不到一个仙灵尊者问路,小言便渐渐有些焦躁起来。耐着性子又找了一时,见身边的景色虽然变幻万端,却找不到任何跟西王女、转生之境有关的地界景物。

见这样,逼得没法,到最后小言灵机一动,想出一个主意,扯住琼容说道:"琼容,能不能帮哥哥一个忙?"

"好啊!"琼容想也没想便答应了。

"是这样,琼容,我们现在好像迷路了,"面目清秀的少年说道,"可是又找不到什么人问。可能是哥哥长得吓人,把那些神仙吓跑了吧。"

"是吗? 那哥哥的意思是——"几乎从不反驳哥哥的小姑娘也没想到其他,只眨眨眼问道。

"嗯,等过会儿我们再遇到神仙,我便躲在后面,琼容你辛苦一下,去帮哥哥问一下找西王女该怎么走!"

"好呀!"

听得哥哥相求,琼容挺了挺胸脯,十分自豪地应下。而她这一声清脆响亮的童音,不小心又吓跑了远处花枝中许多闭目养神的仙禽神鸟。

在扑簌簌惊飞的仙鸟羽声中,小言、琼容结伴走到一片碧绿草原边。

到了这里,兄妹俩终于碰到了约定之后见到的第一个仙子神人。风吹草低的碧绿原野上,上千头雪白的绵羊流动如云,白羊群中有一位红衣劲装的仙女,戴着白绒雉尾帽,骑在一匹神骏的青马上,悠然照看着白云一样的羊群。

"呃……"

远远瞧见放羊的仙女,行动前小言心中倒是想起一个不知从哪儿听来的民间故事:传说东海龙王的小公主,自幼刻苦修炼,终于成神,飞升到昆仑仙境为王母放牧白羊,尊号"牧云仙女"。在人间若见到羊群一样的云朵,便是牧云仙女赶羊放牧了……

琢磨了一下志怪野史,小言转过脸去,压低声音跟琼容说道:"琼容,看见那个大姐姐了吗？快去，成功了哥哥就讲个牧云仙女的故事给你听！"

"好啊！"见有故事听琼容更加高兴，欢快应道，"哥哥，放心吧，包在你妹妹我身上了！"

兄妹俩鬼鬼祟祟地嘀咕完，本就娇俏玲珑的琼容便拿出平生自觉最可爱的表情，蹦蹦跳跳着跑向羊群，想跟赶羊的仙女姐姐问明路径。

"这回该可以了吧？"

看着天真无邪的小妹妹蹦蹦跳跳的背影，躲在后面深草丛中的四海堂堂主觉得这回把握十足。

又趴伏了一会儿，觉得应该大事已定，小言便探出头来，想看看琼容如何和那个仙女对答。

"咦？！"

刚探头一看，小言却禁不住大吃一惊！

原来，眼见雪袄黄衫、明珑可爱的琼容走近，也不知什么原因，本来在草地上悠闲吃草的羊群竟忽然炸群，一只只四下奔逃，磕磕绊绊如同翻滚一地的白棉！

那个牧羊的仙女，不知是否马受惊了，此刻被四蹄如飞的青马驮着朝远方一路狂奔，转眼就已变成一个小黑点，渐渐消失在天际！

"怎么会这样？"小言一脸莫名，心想道，"莫非有天变？"

一念至此，小言大惊。眼见琼容还站在那手足无措，他赶紧从藏身的草窠中跳出，飞奔到她近前。

"琼容，快跟我走！"小言叫了一声。

只听琼容答道："嗯。"

小言此时也不及解释，便一把拽住她胳膊，朝旁边一处树木掩映的亭台飞奔。蹿到半途，刚刚愣住的小姑娘才反应过来，哇的一声哭出声来！

"哥哥!"琼容抽抽噎噎地问,"我、我……真的长得很吓人吗?"

"那哪能呢!"小言一边飞奔一边回答,"琼容长大了就是个大美人。"

"真的? 不骗人?"

"当然,哥哥从不骗人。"

来到亭台所在的园林边,小言望望四周,运用灵机感应了一下,觉得没什么危险,便跟琼容道:"琼容,别难过了。哥哥看这个地方气象清华,绝无危险,你先在这儿歇下,待我去附近探听一下,很快回来!"

"好!"琼容刚听了小言的安慰,这时已破涕为笑,便乖乖地应了一声,离了小言身边,坐到月亮门洞前那块水磨石上,规规矩矩,一动不动。

见她这般听话,小言大为心慰,道:"好,琼容,就这样,不要乱跑。哥哥很快就回来,等问明情况,便还来这——"

说到此处,他看了看园林洞门上方那块青黑的匾额,想看明园名,谁知题字古朴,似篆非篆,瞅了半天只晓得是三个字,其他一概不知。

见如此,小言便道:"我——便还来这里接你。反正已将此处认下。"

"嗯! 等哥哥回来!"琼容应声回答,毫不淘气。

此后小言便转身离去,只留琼容待在园林门外乖乖等候。

略去小言如何寻访不提,再说琼容。

依小言之言,她在此处等候。刚开始时,她还能乖乖坐着不动。过了一会儿,见小言还没回来,便滑下青石,在月亮门洞外青石道上绕圈儿闲走,算是游逛。再过了一会儿,还不见小言回来,百无聊赖之际她便跨过那道月亮门洞,迈进小小的庭园中。

其实,她和小言都不知道,自他们离了炎火之山、弱水之渊,一直走到现在,只不过还在昆仑天墟一角游走。从弱水之渊直到此地,名为"万景之园",实是西天神人游憩之处。现在琼容走进的小小庭园,则是万景之园中

一处不起眼的幽僻水苑,名为"积翠庭"。

琼容来到积翠庭中,只觉眼前一片绿光晃动,等定睛瞧去,才发现小小月亮门洞中竟别有风物。

粉堆玉砌的墙垣,围出三四亩庭园,中央一亩池塘,水澄如镜。墙垣和水塘的中间,则挨挨挤挤生长着许多翠草碧藤。虽然庭园狭小,却生机勃勃。草蔓葳蕤茂盛,不管天上地下,尽力伸展蔓延,争抢着有限的空间。

于是,从空中垂下的千百条碧藤交织出如同翠玉绿珠穿成的帘栊,在地上生长的碧草更将水塘边那条卵石小路掩盖得几乎看不出。庭院的上空照来的天光,被翠绿的藤帘分割成四五道光柱,带上些幽幽的绿辉,照在水潭之上,与池水相映成碧,上下通连,倒仿佛传说中的圣光一样。

到了这样清幽恬静的院落,沐浴在碧草光影里,似乎最灵动的心也变得沉静。一贯活泼好动的小姑娘,这回到了陌生地方,却出奇地没东张西望,四处探看,反而安安静静地蹲在庭院池塘边,望着水湄边那几棵几乎快探到自己眉前的碧草怔怔发呆,似乎想着什么心事。

如此静待移时,忽然——

"呜呜呜!"安静多时的小姑娘,竟突然悲伤地哭了起来!

正是:

偶驾青鸾访仙家,

云海霞波冷翠华。

男儿佩剑悬北斗,

女儿衫袖染烟霞。

第七章
翠微深处，细数人间仙世

"昆仑植玉琅玕木，西方宝树唤娑罗。"

传说中昆仑仙境中最有名的两种灵木，一名琅玕，一名娑罗。

娑罗树枝叶繁茂，上结长生仙果，食之虽未必长生，却可滋补仙机，延年益寿。

琅玕木则干如青玉，合树无叶，只开粉碧花朵。花瓣修长，宛如瓜片，当盛开时碧瓣长及五寸，展如兰叶，色泽灵润毓秀，犹如翡翠佳品。

琅玕木花期百年，每至琅玕花坠时，花瓣浮风翔舞，与风相振和，悠然若琴鸣，至地皆化美玉，号为"琳琅"。

娑罗树与琅玕木一实美，一花丽，虽昆仑仙境中嘉树千万，也只以这二品为首。西昆仑中多胜地，同时盛产此二木者，又非青鸾仙境莫属。

西昆仑青鸾仙境，在昆仑山万景之园西南边侧，为昆仑仙禽青鸾鸟最喜留恋之地，故此得名。

青鸾仙境中银月当空，青云缭绕，数百株琅玕木、娑罗树葳蕤密布，掩映成趣。前后不知几千几万年，琅玕木花开花落，青鸾仙境中遍积琳琅，几以玉为泥。

映朱成碧的琳琅美玉，再映着朗月白辉，宝气纵横之际偌大的青鸾仙境，永远都是明耀清辉，处处洞明，宛如琉璃雕成的幻境。

话说这一日，梦境一般的青鸾仙境中，有几位交好的昆仑仙人，在最大的琅玕树下相聚，各司其事，打发流年。

须鬓皤然、颜如莹玉的仙人，手执一根碧玉竹竿，缩肩注目，一动不动，在琅玕树不远处那条从万景园中央流来的青溪中钓鱼。

两位丰骨清俊的儒雅仙客，峨冠博带，袍袖飘飘，在树底那方玉石棋台上下棋。手谈之际，半晌无语，二人皆如睡着，直等到一瓣琅玕花落之时，才憷然惊醒落子。

在他们不远处，那片玲珑玉石旁，一位冰纨绣带、姽婳幽静的黄裳仙女在跌坐抚琴。琴声清微，犹如风声雨泣，溪流虫鸣，乍听只似天籁自然之音，细聆却觉宫商角徵羽五音俱全，其中千变万化，妙丽绝伦。

在这些悠闲仙子上方，则是位唇红齿白的总角童子，跣足骑在一棵娑罗树枝上。他手中拿着一只刚摘的娑罗仙果，一边咬着，一边居高四处张望，一会儿看看弹琴的仙女，一会儿瞅瞅下棋的仙客，自得其乐，悠然陶然。

这时，皓月凝辉，花光泛翠，和这几位卓然出尘的仙子神客一道，显得这片天地无比静谧和谐。

只是，今日这些惯熟的仙友相聚还不到半晌，多少年不变的静寂竟很快被打破！

就在两位下棋的仙客其中一位刚要落下久违的棋子之时，便听得嘚嘚嘚一连串急促的马蹄声由远及近。很快一匹疾风般的骏马飞奔到近处，还没等他来得及反应，骏马便唰一声擦身而过，冲到前面，踢翻仙女玉琴，直至扑通一声扎进清溪里！

"牧云？"

连人带马一齐冲进溪流里的劲装仙女狼狈不堪地爬上岸来,刚刚还在弹琴的仙子顾不得收拾碎成两半的断琴,赶紧起身来到落水仙女近前。

"牧云小妹,你这是怎么了?"

抚琴仙子见落水女子浑身清水淋漓,大失仪态,不免有些嗔怪。这时其他几位仙家也都围了上来,一齐看着水淋淋的仙女,等她说明事情原委。

不过,虽见众人期待,牧云小仙拂袖抹干脸上水迹后,话语却变得吞吞吐吐:"飞琼姐姐,各位仙友,也没什么事,是马惊了……"

"哦?"见她这样忸怩,几位仙人大为起疑。

他们心说,昆仑天墟中气象祥和,祥云缭绕,牧云仙子的骑乘绝影又最是通灵敏捷,如何会突然惊了? 惊疑之时,几位不免七嘴八舌地继续追问起来。

最后,牧云仙女被问得急了,便没头没尾说了一句:"是、是她回来了!"

"……"

一言既出,鸦雀无声。

仙人心性何等睿智快捷,片刻之后便全都反应过来。顿时慢性子的棋客、耐心的渔翁、贪嘴的童子、爱乐的仙姑,齐齐弃了棋收了竿吞了果裹了琴,一个个匆匆告别。

两腿还在打战的牧云仙女,见他们一哄而散,也忙不迭地束拢逸马,急急跑回先前碧茵草原聚拢羊群去了。

且不说这边有这许多变故,再说琼容。

小姑娘被哥哥留在积翠庭中,眼见四处绿光浮动、清气交辉,竟不知不觉对着水湄碧草落下泪来。

原来庭园孤寂,幽静深沉,犹如午夜梦回,总能让人更直面自己内心。幽深寂寥之际,便连心思本就单纯的琼容,也不禁心事如潮,不能自抑。

无人的庭园里，她抹着泪对着眼前碧草说道："呜呜……小草儿，你知道吗？哥哥刚才走了。哥哥又没带我，一定是又嫌琼容笨了……呜……呜呜……琼容就知道自己笨，比不过那些大姐姐。小草儿你知道吗？小言哥哥认识很多厉害的姐姐！"

小姑娘掰着手指头数道："琼容比不上小盈姐姐，她能写诗画画，琼容却不认识几个字。琼容也比不上雪宜姐姐，雪宜姐姐会烧菜做饭，还会补衣服。琼容也比不上灵漪儿姐姐，她会很多厉害的法术，还会弹琴。琼容也比不上莹惑姐姐，她——"

说到这儿小姑娘忽然愣住，抬起头，手指抵腮眨着眼睛想了半天，才低下头继续跟眼前的青草绿叶诉说："对不起让你等着了，琼容刚才一时想不起莹惑姐姐的好处。可是琼容总知道，那回哥哥费力抢她回来，一定是因为她有她的好处，否则干吗要抢？呜呜，只有琼容没本事，和她们都比不过！琼容知道自己没本事，就只能乖乖地，也不敢跟哥哥撒娇。这些都没什么，本来琼容就是小言哥哥捡回来的，连名字都是哥哥送的——可是……"

到这时琼容忽然大恸，晶莹的泪珠如断了线的珍珠般落在眼前水塘中："可是琼容还没有父母！呜呜……"

自言自语到这儿，琼容言语哽咽，泪雨滂沱，泪珠儿扑簌簌直落，她只顾得哇哇啼哭，一时再也说不下去了。

不过琼容毕竟心思澄澈，就是再伤心，也不会持续太久。所以，这场突如其来的悲愁心绪就像六月天的雷雨，说来就来说去就去，这样痛彻心腑的啼哭只持续了一会儿，便云收雨散，止住了悲声。

粉洁的小脸上还挂着几滴残泪时，琼容明媚的俏靥上已是浅笑晏晏。

"我、我——"虽然破涕为笑，但大哭后不免有些抽泣余音，琼容一字一顿地说道，"我、我应该开心的。因为不管琼容好不好，不论哥哥跟琼容高兴还是生气,都说明哥哥还记着琼容。不管好坏,这就足够啦!"

想到这里,刚刚好一番伤心的小姑娘终于转忧为喜,彻底放下了心事。此后,她便坐在池塘边,双手抱膝盖,专心对着这池碧水发起呆来。

只是,琼容恢复了正常,看似无人的庭园里,却有人不太高兴了。

"咳咳!"

静得出奇的庭园里忽然响起两声清脆无比的咳嗽声!

"谁?!"

琼容一听有声音,一下子便跳了起来,唰唰两声已是神刃入手,那一对乌溜溜的大眼睛睁得溜圆,无比警惕地盯着四周,想看看到底是什么坏人藏在园子里!

"咳咳……"

这时那咳嗽声又响了两回。

"是你?!"

全神贯注之际,琼容这回终于看清了是谁在说话。

"是我……"

声音响彻庭园之际,池塘边几片碧绿草叶微微颤动,原来发声之物,却是刚才琼容面对的那几片兰叶一样的碧草!

"别伤我。"此时只见修长的草叶在水畔无风自动,发出沙沙的声响,如人语一般说道,"我说话是想帮你。"

"哦?"琼容闻言,依旧十分警惕,狐疑地打量着这几根奇怪的小草。

"你可不要骗我哦?"她把手中的朱雀小刀互相撞击,碰得叮当乱响,吓唬道,"小草妖怪,其实我没自己刚才说的那么笨!我哥哥马上就回来,你不准害我!"

"冤枉!我哪敢哪!"见了琼容这架势,那几片绿油油的草叶使劲摇了摇,叫屈道,"我是真想帮你!"

"噢!"琼容还是有些怀疑,"那你想帮我什么?"

"这个……"说话的草叶突然静了下来,就如同人一样有些迟疑。

过了一会儿,好似终于下定了决心,安静下来的修长草叶突然颤动起来,用着清越的声音说道:"你……想不想找到你的父母?"

"啊?! 想啊!"琼容突然觉得心跳得厉害,嗵嗵嗵跳得跟打鼓一样。

"那……我知道你的母亲在哪里。"

"在哪里?"琼容感觉自己的心都快要跳出来了,她嚷道,"在哪儿在哪儿?! 快告诉我!"

"这……"会说话的草叶又开始迟疑了。

不过这回它是在卖关子。

"哼!"琼容当然不笨,立即看了出来。

当下她手中刀片一扬,火光乱蹿,威胁道:"快说! 不然一把火把你点着!"

"……"

"快说!"

"好吧。不过你得答应我一件事。"

"什么事?! 我可以答应你两件!"

"……哈哈!"

虽是关键时刻,听了琼容这样的回答,碧草精灵却仍忍不住乱颤着笑了起来。

"……哼哼!"

"真不明白你们,我都是认真说话的,有这么好笑吗?"

"你快说,要我答应什么事!"

"咳咳,是这样。"见琼容着急,会说话的碧草也不敢再闲扯,赶紧一本正经说道,"你不用答应我两件事,只要帮小仙一件事就行。你能不能再哭一下?就是再滴几滴眼泪到我身上。"

"咦……你想干什么?!"

虽然见母心切,听得这样古怪的要求,琼容又警惕起来。

不知是否感受到她蓬勃的怒气,这株奇怪的碧草再也不敢卖关子,赶紧一五一十说明来龙去脉。

原来,这株池塘边琼容对着说了半天话的小草,还真能听懂刚才琼容所说的一切。碧草本名叫"解语草",乃是人间异草得道之后,一缕灵光飞升昆仑天墟之后化成。

只因原是草木,不似人身,虽然靡费岁月艰难修炼千年,最后修成正果到了昆仑仙墟,仍就只能化就草形,最多解语说话,不成仙身。

解语仙草这般尴尬,就像琼容刚才所说那样,它虽然上得昆仑仙山,大抵也只属草妖之类,称不上得道真仙。

只是,这样郁闷了不知几百几千年后,积翠庭中苦命的解语仙草,竟得了天大良机!今日午后它正闲得无聊,原以为一天就会这样无聊地过去,谁想到琼容竟会洒泪在它身上!这是何等机缘!刚才只不过侥幸淋得数点,现在它就已经飘飘然大有仙意!

只可惜,等到紧要时刻,琼容的眼泪竟然大部分洒在了池水里!无论它怎样抻长脖子,左摇右摆,到最后都没能接到足够的泪水!

"她怎么这么想得开呢?再多难过一会儿啊!"

前程攸关之际,解语草忍不住有点"恶意"地期待。

唉,三滴,也许只要三滴,它便能立即变成逍遥快活的解语仙人了!到了昆仑仙山之后还是寸步不能挪窝的日子,它实在受够了!

所以，虽然根据风闻的一些消息，解语草知道自己这样的举止言辞已是冒天下之大不韪，但仍是豁出去了！

不过，似乎此事并没它想像的那么严重。

听解语草说明缘由，小姑娘立即收起兵刃，乐得合不拢嘴："还以为是什么事！原来就是哭两声！"

小丫头撇了撇嘴，有些不屑："别的不行，哭鼻子我最拿手！就瞧我的吧！"

说罢，她郑重上前，俯身在解语草上方，心中只稍稍假想了一下自己与哥哥就此别离的情景，便立即泪流满面，坠下的泪珠儿哗哗直下，直沾得解语草满身都是。

"够了够了！"

哭不到片刻，便传来解语草欣喜异常的话语。

"再等等。"倒是琼容从容，"我正伤心，呜呜呜！"

一时收势不住，琼容又去墙角哭了半天，这才抹净眼泪，返身回来跟解语草问明前事。

只见此时，解语仙草已经碧气缤纷，柔长的草叶边飞舞起无数细碎的莹碧光点，显见它即将脱胎换骨！

虽然此刻随时可以腾空而去，但解语仙草不敢不践前约。当即他便探长碧影纷华的瑞叶，在琼容耳边轻声说了几句，然后化作翠光一道，绕庭三匝，炫耀飞腾，倏然飞逝！

积翠庭原地上，只留得琼容心潮澎湃："难道这样，就可以找到我娘亲吗?！"

正是：

花如解语偏多事，

石不能言最可人。

琼林花草闻前语，

十年身到凤凰池。

第八章
明霞润色，始悟形骸桎梏

听完解语仙草密语，琼容一时心潮激荡，恨不得肋下长出双翼，就此飞至失散多年的娘亲身边！

"要不要先等哥哥回来呢？"

值此重要关头，琼容踌躇了一下，很快便想到一个两全其美的好主意。

"嗯，就给哥哥画个地图吧。等他回来不见了琼容，按这图一定能找到我！"

琼容赶紧去旁边墙角玉石堆中寻得一块白粉石，跑到庭园入口门洞外，也不管是否损了庭园古墙的雅致，在苔迹斑驳的玉垣上大开大阖，画了一幅气势磅礴的地图。按着刚才解语仙草的提示，她用白色石粉线条，歪歪扭扭地绘下心中想象的地图路线。

画完琼容歪着头欣赏了一下，夸了声"好看好看"，便一把扔掉白石，蹦蹦跳跳跑到碧林深处去了。

昆仑浩荡，物产珍异，直令五色目迷。

琼容这一路寻母，经过无数果木森林。初过枣林，弱枝枣、玉门枣、青华枣、赤心枣、西王枣，挂满枝头，红彤满目。

再过梨林，紫梨、青梨、大谷梨、细叶梨、缥叶梨、金叶梨、瀚海梨、东王梨，沉沉甸甸，香萦十里。

又过桃林，秦桃、榹桃、金城桃、绮叶桃、紫纹桃、霜下桃，琳琅满目，粉碧参差。

最后跑过一片梅林，朱梅、燕梅、紫叶梅、紫华梅、同心梅、丽枝梅，只看梅子圆润饱满情状，就足以让人口角流涎。

种种佳果妙实的丰硕情状，直可谓琼容的众乐国神仙境。若放在往日，无论如何她也要爬上爬下吃个够，只不过今日一路疾行，脚带十里香风，衫飘多种果味，琼容竟从无停滞，路途中最多只是记住果实最丰厚最甘香的方位，只等办完大事后再来好好吃一顿。

如此一路疾行，裙带呼风，不多时便到了解语仙草提示的瑶池琼林境。

才出得一处密林，琼容抬头一瞧，便望到远处西方青色天空尽头，一连串雪山高高耸立，如同一道高低起伏的粉墙在碧蓝天空下勾勒出雪白分明的轮廓。

在这些高大连绵的雪峰前，则立着一座九层的楼台，高与山齐。

"那……便是我娘亲乘凉用的石室？"

亲眼见到解语仙草指点的娘亲居所，只住过罗浮山石屋、马蹄山草堂和各类普通客栈的琼容，一下子便瞠目结舌，说不出话来！

原来，莹玉洁白的雪山跟前，琼楼宝阁嵯峨巍然，高耸入云，一缕缕一团团的白云雾气在楼阁门窗中浮动进出，三层以上的楼台挑檐旁，只有少数黑点一样的飞鸟在旁边翱翔嬉戏。

"万象分空界，三天接画梁"，浩荡雪山前寥廓碧空下的西王母夏宫，正是霞连绣栱，说不尽的瑰丽神奇！

也难怪琼容惊奇。后人有"昆仑王母夏宫赋"这般夸赞：

……朱甍耀日,碧瓦标霞。起百尺琉璃宝殿,鳌九层白玉瑶台。隐隐雕梁镌玳瑁,行行绣柱嵌珊瑚。琳宫贝阙,飞檐长接彩云浮;玉宇琼楼,画栋每含苍雾宿。曲曲栏干围玛瑙,深深帘幕挂珍珠。青鸾玄鹤双双舞,白鹿丹麟对对游。野外千花开烂漫,林间百鸟啭清幽!

见到解语仙草口中的娘亲住所,琼容惊迷之余,却也十分激动,恨不得赶快现身巍峨楼台之中,出现在自己娘亲面前。

只是,她发现此处千条万径,烟云路迷,虽然能瞅见解语仙草所说的雪山神殿,但眼前路径这般错综复杂,根本辨不清正路。

在复杂难明的琪花瑶草、雨雾仙云中兜转好一阵,始终都在原地,琼容不免神情沮丧,心内焦急。

"琼容?"

迷了路正自焦急,琼容却忽听对面迷漫雾云中有人轻声惊呼。

"谁?!"

琼容闻声,正待上前,迷蒙云雾中说话之人却主动现身,来到她近前款款施了一礼,柔声说道:"小仙凤凰,拜见恩君!"

"嗯?"

虽然突如其来的女仙人面目已有些陌生,但声音十分熟悉。

稍微打量了几眼,琼容便认了出来,惊喜叫道:"你是凤凰绚姐姐?! 你怎么也到这里来了?"

"呵……"

听得琼容相问,神态绮丽的凤凰神女并未回答,只抿嘴一笑,侧身又施了一礼,柔声说道:"恩君在此迷踪幻境中,恐不知出路。不知你想去何处?

也许绚儿可将你送去。"

"好啊好啊,谢谢绚姐姐!"

听凤凰姐姐愿意帮忙,琼容当即兴高采烈,说自己想去西边雪山前那座楼房。

"……好!"

虽然见到琼容所指之处稍有些迟疑,凤凰神女绚还是顺从地应了一声,举手轻轻一击,道:"车来!"

声音落定,便有一辆云雷之车从雾中轰轰而来。

"请恩主上车。"

"……嗯!"

也许是因为这一日中已目睹了许多怪异之事,琼容到此时已是见怪不怪。见那驾奇异的车来,也不多问,便稀里糊涂地登上车辇,由着车直往雪山楼阁驶去。这一路,琼容孤身一人坐在神车上,按捺住东张西望的心思,默默地被车带着直往西方而去。

载着琼容轰轰向前的昆仑神车,其实排场神幻奢华。在前面,是一对傲然睥睨的朱鸟导为前驱,左骖为苍龙玄武,右骈为青龙白虎,四灵挂车驰骋于空明之中,如流星过境,天马行空。一路往王母宫殿行时,车辇完全腾于半空之中,车辙下是一道半透明的彩云淡虹作路,左右空虚杳冥,寂寞孤独。

不知何故,本来十分喜悦兴奋的琼容,看到左右空寂寥廓的景况,再被左右横过的冷冷天风一吹,竟有些冷静下来,不似开始时那般激动了。

一路乘车,瞅着似乎不远的雪山神殿,其实还是有些距离的。行速极快的昆仑神车直走了半刻工夫,才约莫接近那片在阳光下闪闪发光的楼阁。

见高耸的楼台越来越近,琼容的心如同不受控制一般,跳得越来越快。

"吱——"

心动神摇之际，忽听一声轻响，座下车辇忽然停住。

"咦，不是还离得挺远吗?"

看着前面还有一大段距离，琼容只觉得有些疑惑。正在这时，却见车前朱鸟转过红灿如火的鸟首，张喙忽作人言:"禀仙客，前方为昆仑禁地，我等不能入内，请自便。"

"噢! 好的!"

听了朱鸟之言，琼容跳下车，真诚说道:"谢谢你们!"

说罢，她便在朱鸟苍龙们惊奇的目光中，从袖中一阵摸索，最后竟拈出二枚铜钱，举着要递给朱鸟:"喏，给你! 琼容只付得起两文车钱，够了吗?"

"……"

听得琼容此言，昆仑神雀目光一阵闪烁，也不作答，只曲颈敛翼，导引神车，迅速消失在云雾之中。

"嘻! 原来免费，倒省了两文钱，哥哥知道了，一定会夸我的，嘻嘻!"

琼容喜笑颜开，将铜钱小心翼翼地放回原处，这才迈开双脚，直往宫殿方向跑去。

跑出一阵，她忽然发现脚下土地全变成了晶莹剔透的冰面，走在上面，不仅不打滑，每次踏下时还有一团白色水雾飞起，真是步步生云。

"嘻，那我再跑快点!"

冰晶广场上顿时腾起一路烟云，缭缭绕绕飘飘萦萦，如一道烟尘直往西北瑶台延去。

到后来，琼容跑得高兴，索性唰唰两声蹬掉小绣鞋，赤着脚在冰面上飞奔起来。这时水晶冰面的透骨清凉便从足底传来，如一支寒羽挠在脚底板上，清快惬意之余也有些痒。跑得一阵，淘气的小姑娘便被挠得咯咯大笑起来。

在光可鉴人的水晶广场上一路疾奔，跑着跑着眼前云雾又多了起来。

过了没一会儿,不知不觉中琼容便扎入一团红彤耀眼的云霞中。

"嘻嘻!"

流光溢彩的云霞,遮不住琼容敏锐的眼目,四处缭绕着的红彤霞气宛如夕日海洋,琼容就像条欢快的小鱼,在其中扑腾遨游。

"啊,有人!"

在锦霞堆里乱跑一气,也不知是否到了边缘,琼容忽然发现,在满眼的红彤光辉中,前面不远处有一道隐隐的洁白光辉,其中似乎立着一位妇人。

透过泛着异彩的云光霞雾,琼容见顾然端立的妇人神气慈和,面相脱俗,身上披着一袭好看的紫色长衣,不停散发着云霞一样的淡紫毫光;头上戴着一块青玉对缠的方胜,手中持着一柄白光闪闪的小锄头,正在空中慢慢比划,也不知在干啥。

这个陌生的妇人,若是仔细看她容貌,只让人觉得她生得十分好看,灵惠姝丽,几乎要让人脱口惊呼称赞。

在无法形容的皮相容貌之外,还有些说不出来的气质,雍容华贵,超凡脱俗,两者结合在一起……直让人搜肠刮肚,怎么也找不出合适的赞美词语。

琼容词汇量本来就少,一见那丽人,张了张嘴,想说些什么,却什么也说不出,有些郁闷之时,只好把注意力转到丽人手中那柄光洁可爱的玉石锄头上,好奇地想道:"她在干吗?"

原来丽人拈着玉锄,好像在全神贯注地盯着什么,手中锄头缓缓划动,似削非削,似刈非刈,也不知在忙什么。琼容专心朝她锄头落处看去,只看见一片霞光斐然,此外空无一物。

"奇怪。"

琼容自言自语一句,想不明白,就不再想它。看着丽人挥锄,在彩霞云光的红彤世界中又呆立一阵,忽然想起自己的正事来。

"哎呀!"粉妆玉琢的小姑娘掩口惊呼,"倒忘了寻我娘亲!"

想到这事,琼容有些不好意思,脸稍稍红了一红,急急跑出云霞,小跑着到了优雅丽人面前,行了一个礼,脆生生问道:"这位阿姨,打听一下,你知道我娘亲是否住在这里吗?"

这般问时,琼容仰起小脑袋望了望丽人身后高可入云的楼台,又添了一句:"如果住这里,能问一下她住几楼吗?"

……

"琼容?"

刚刚默然无语专心做事的神丽妇人,初听到有人问话,只是一愣,谁知等琼容刚问完,她竟忽然脱口而出琼容的名字!呼声未落,高贵威严的丽人竟不顾仪态,一个箭步奔到琼容面前,俯下身一把将她搂在怀里!

"哎呀!"

猝不及防之时,娇俏如花的琼容猛被人一把搂在怀里,只觉被箍得透不过气来!

"这位阿姨你怎么了?"

猛然惊变之下琼容忙不迭地挣扎,手脚乱舞,想要挣脱,谁知那阿姨虽然生得好看,却十分大力,她努力挣了几挣竟似铁水浇铸一般纹丝不动!

被箍得实在太紧,琼容问话说出口后,因口鼻全被闷在丽人怀里传出时已细若蚊蚋。

"琼容……"小姑娘惊惧,丽人却动了感情,亘古恒静的眼眸中忽然流出泪水,边哭边说道,"孩子,你受苦了! 失散许多年,你可一切安好?"

也不等琼容回答,她便是一连串急促地问话:"我的乖孩儿! 这些年,红尘蒙蒙,忆青天否? 夕曦荧荧,记千年否? 乐稀苦多,耐人间否? 冬夕春晨,梦兮甘否？"

纵使久别之后急切相问，语句仍是清幽。

"琼容，这一回，说什么娘也不让你再走了！"

"……娘?!"

最后一句，琼容终于听明白了，顿时心旌摇动，惊喜万般之时竟忘了挣扎。

努力仰起脸，望着上方姣丽的容颜，琼容怯生生道了一声："娘?"

"哎！"

略带迟疑的细小呼唤，听在丽人耳中却如久旱春雷一般，顿时重重点头答应了一声。

只是，她这般肯定无疑，沉浸在狂喜中的琼容却突然觉得好像哪处有些不对劲。歪着脑袋，努力想了一会儿，突然想通。

于是，忽然间她一个用力，从丽人怀中猛然挣出，跳到一边，目光莹莹，叫道："不对！ 你怎么知道我叫琼容?!"

原来琼容想起，刚才这个陌生阿姨一见面就喊出了她的名字，显是十分熟悉。可是，她这好听的名字是后来堂主哥哥帮忙起的，失散许多年，即使真是娘亲，又怎会知道自己这个新名字！

一念及此，琼容立即联想起小言哥哥往日的嘱咐，说现在世道不好，像她这样的小姑娘遇到陌生人时一定要小心，不要随便轻信。直到现在，琼容都记得哥哥的提醒：这年头，别人还好说，像她这样既机灵又可爱的小囡儿，更要加倍小心！

正因如此，现在看出个破绽，琼容立即被唬得猛地跳开，一脸愤怒地盯着这个"冒牌"娘亲！

她心中更是无限悲哀："完了！ 我怕是遇上拐卖小孩的坏蛋了。呜呜，惨了惨了,哥哥知道了一定又会嫌我笨了!"

"哈!"见她这样,丽人倒不慌不忙。

见琼容这般慌慌张张、虎视眈眈地盯着自己看的模样,反觉得十分新奇,竟让她破涕为笑,一边抹着眼泪,一边乐着说道:"傻孩子,你……你本来就叫琼容啊!"

"什么?!"

正是:

> 换却冰肌玉骨胎,
> 丹心吐出异香来。
> 罗阳竹畔人休说,
> 只恐夭桃不敢开。

第九章
仙梦迷离，幻作别样春霞

听女子这么说，琼容十分迷惑。

遇到眼前猜不透的人和事，琼容心中忽然有些后悔。女神微笑盯着自己看时，她脚下已悄悄朝后挪。看她情形，似乎一有什么风吹草动，便要立即逃之夭夭。

琼容这个想法，神女自然心知肚明。看着琼容小心翼翼的模样，她忽然启齿粲然一笑，说道："琼容，你知不知道此地是何处，我又是谁？"

"不知道！"

"嗯，那我来告诉你。"神女蔼然说道，"琼容，你眼前这整座雪山冰原，叫'悬圃'，因为它悬在昆仑天上。我身后九层白玉楼台，叫'阆风之苑'，它左边绕着瑶池，右边环着翠水。我是此间的主人，号'西王母'……"

"啊！"琼容闻言，脱口一声惊呼。俄而又惊又喜，扑闪着睫毛说道："你就是那位王母大婶？"

小丫头以手抚心，长出了一口气，暗自庆幸："幸亏不是坏人！"

见她这样，昆仑山众仙之长王母大神忍不住哈哈一笑。

听得琼容那声"大婶"，她喜道："是啊，琼容，我便是王母大神！我不仅是王母大神,还是你的娘亲呢!你这'琼容'之名,本来便是我所取,后来那少年不过是凑巧罢了!说起这,倒也是一桩奇缘。正所谓天机难测,就连为娘也没想到,那少年居然……"

一说起子女之事,和天下所有母亲一样,任王母大神平素再是威严,也忍不住有些啰唆起来。

王母絮叨,琼容却异常安静。

不过,就跟被雷击了一样,她现在虽然表明平静,内心里却激烈异常:"娘?!"

虽然,往日琼容一直期待自己能有亲人在世,可是真到了梦想成真的时候,亲眼见到自己娘亲,也亲耳听到她承认,却没了丝毫喜悦。

想起刚才王母那些话,她忽然一阵发慌,想说什么,舌尖却打结,张了张嘴什么都没说出来;努力想平静下来,想仔细想想刚才究竟发生了什么事,却只觉得胸膛中仿佛放着一面鼓,嗵嗵嗵敲个不停,吵得自己怎么也定不下心来。

这时她想跑,跑回去找哥哥,不要再想什么娘亲的事情,却发现自己忽然找不到自己的双脚了,整个人好像只剩下上半截,飘在半空中,无依无靠,失去了任何行动的能力。

此刻她心中只剩下后悔,后悔她自己为什么不乖乖当罗阳镇的小狐女,不乖乖当小言哥哥的好妹妹,却跑过来找什么娘亲!

一种不祥的预感,突然像身后漫卷如洪的彩霞一般,笼罩在她心底。

"哇……"

到最后,小姑娘承受不住强烈的刺激,哇一声哭了起来!

"……"

琼容毫无征兆地号啕大哭,顿时让西王母手足无措。

想要上前抚慰，却被惊弓之鸟般的小姑娘一阵粉拳胡乱打退，不得靠近。如此僵持，过得良久，直到琼容哭成一个泪人儿，西方仙族的王者才想出对策。

"唉……"

也不知心中是什么滋味，西王母叹息一声，举袖一拂，便有一阵翠缭白萦的璀丽光影掠过。

光影变幻流动之时，啼哭中的小姑娘忽然起了些变化。刹那之后，仿佛星光坠地，仙霞飞起，天地间所有的光辉都聚集到一起，本来就神幻瑰丽的阆风之苑，突然又添了一道旷世绝俗的风景。

刹那间，不见了崔巍圣洁的雪山，不见了空明窅映的烟云，不见了奇幻沁洁的楼台，天地中所有的视线都聚集到了这里。原本美妙的一切，都失去了光辉，神幻天然的丽质聚集起天空流动的纷靡金霞，迷离星光错成的罗裙掩映住清雅飒然的丰采，亘古以来最美的神祇从天国降临，一颦一笑都仿佛是一行行绮丽的诗！

当西方尊贵的长公主现出本来面目，便回答了世间一个流传久远的哲学命题：这世上有绝对的事物吗？

有！

即使是千古以来文思最灿烂的文学家，也绝对难以描摹西方昆仑公主姿容万一！

亿万忙忙碌碌的生灵，也只有见过此时站在阆风之苑前的女孩才知道，原来世上真的有一种绝对的美。任何其他事物和她相比，只能这般评论：丑上一毫，丑上一分，丑上二分，丑上……

暂略过喷薄的赞美。此时面颊上仍带着绝美的泪华，觉出面颊上这一分清凉，长公主抬起柔荑，用优雅的姿态抚上她圣物一般的绝美面颊。

"咦?"抚上面颊,她有些吃惊地问道,"我哭了?"

"嗯。"慈祥的母亲也恢复了惯有的威严,回答她,"你哭了。"

"为什么?"长公主十分不解。

"因为你要离开一个人,伤心了。"

"啊?!"对先前之事浑然懵懂的长公主脸上,现出不可思议的表情。

"呵!"看着自己倔强的大女儿,西王母露出一丝温和的笑容,"容儿,你可还记得二十年前的赌约?"

"……记得。"幽韵涵淡的昆仑仙女略有些迟疑,停了停,才道,"莫非……母后赢了?"

"正是。"

"不可能!"和她之前小姑娘的形态一样,高傲的长公主忽然变得情绪激动,"母后!别说区区二十年,就是两千年、两万年,我也不会青睐任何一位仙神!"

"呵……"西王母笑了,"你确实不会。"

"是嘛!我就说……"少有开怀的长公主这时莫名高兴起来。

只是欣喜之语还没说完,却见西王母已微笑接言:"容儿,你确实不会对任何一位仙神上心。这回你看上的,是一个凡人。"

"啊?!"乍听西王母之言,琼容公主蓦然睁大眼睛,结结巴巴地说道,"母后是说,凡、凡、凡人?"

她觉得应该是自己刚才听错了。

"没错。"却听西王母斩钉截铁地肯定道,"就是凡人!"

"是、是那卑贱的……凡人?"高傲的昆仑公主还有些不死心。

"哈!是凡人。"看着气鼓鼓的女儿,西王母依旧这般回答。

多次得到肯定答复,只记得二十年前之事的长公主沉默下来。

这时好像一切都静了下来，只有远处间断传来几声仙鹤的清唳，叫声清亮而悠然。

就这样静默了一阵，长公主突然开口说话："母后大人！"

这时她已加重了语气，看着西王母，强硬说道："母后，您可是西方之长，仙神至尊，可不能信口言说，诓骗女儿！"

"哈哈！"见女儿故态复萌，还是这般桀骜不驯的模样，西王母哈哈一笑，道，"容儿，早知你不信。现在我便带你去苑后镜山！"

"好！"

琼容毫不犹豫地跟着西王母朝阆苑之后逶迤而行，转眼便到了镜山之前。

原来，西天昆仑西王母悬圃阆苑玉台侧后，有一座玉山，名为"镜山"。镜山不高，百仞有余，山体皆为淡白青玉，其南侧峭立如壁，石光如练，恰似一面光明铜镜，镜山之名便由此而来。传说中，昆仑镜山玉壁能照见人心，十分神奇。

再说西王母，偕长公主来到此处，法渊如海的西方尊者只轻轻低叱一声"开"，镜山忽然大放光明，南侧百仞石壁上现出一幅幅画图，就如风景屏风一般！

不过，与世间寻常装点厅堂的画屏不同，此刻镜山玉壁上如走马灯般现出的，却是一幅幅生动的图画，若仔细看，便好像其中另有一个世界，真实的场景此起彼落，宛似一幕幕正发生在眼前！

"容儿——"对着此刻光明镜山上活动的图景，西王母转过脸来，对女儿说道，"容儿你仔细看那人——那便是你这二十年下凡之中，无时无刻不牵挂之人。自罗阳竹道初相识，再到千鸟崖月下相遇，你便认他做长兄。当中细节，你慢慢看。"

说到这里,西王母发现自己的女儿已被镜山重放的图景吸引,便不再多言。

"……这?!"

西王母不再多话,往日比她更加清冷的长公主,却越看越不能平静。

"母后!"不到片刻工夫,她便叫了起来,"你看你看!"

她少有失态地嚷道:"母后你觉得我会叫这样一个人'哥哥'?!"

往日昆仑仙众心目中喜怒无常的长公主,现在更加喜怒无常。才过了一小会儿,她便又气冲冲叫了起来:"母后你再看你再看,我会为了等这人出去办事回来,就坐在破山口,顶着风等了他半天?!"

"哎呀!"话音未落,一眨眼工夫她又叫了起来,"什么?! 母后你看看你看看,你觉得我会因为这人带回一根糖葫芦,就扑上去哥哥长哥哥短地讨好半天?!"

"这……"被问过这几次,西王母看着自己的女儿,笑着答她,"你会啊!因为你变身入凡尘,真正本性便显露出来啦。"

"哼!"听得母亲之言,骄横的长公主气得玉靥通红,怒冲冲道,"母后!这又岂是我本性! 您这镜山,实在不准!"

"呵!"见女儿焦躁,西王母依旧平静答话,"容儿,别使小性子。这镜山之上早已遍涂瑶池电光草汁,我在凡间你所经之处也都撒下电光草粉。你岂不知,瑶池之畔的电光草神性最为奇特,无论相隔千里万里,一对电光草粉总会按相同轨迹运转。以它存作影像,如临波照影一般,又岂会参差? 你还是安心观看吧!"

"……"

西王母这一番话,说得长公主哑口无言。母后有命,再加上她确实对自己在凡间的事颇为好奇,便耐下性子继续观看。

这一来,稍为平静后,高贵骄慢的长公主的态度渐渐起了些变化。不知不觉,她竟渐渐沉浸在镜山重现的往事之中,慢慢不能自拔。

也不知是否轻蔑惯了,忽视惯了,那些红尘俗世中的平淡琐事,对她而言是如此陌生。她发现,只要撇开了偏见,这些点点滴滴的小事其实是如此新奇,一形一影中仿佛有种奇特的魔力,吸引着她不停地注目。

开始时目光还有些游离,但等看到温润豁达的少年,因为琼容身量娇小,坐在凳子上够不着饭桌,便特地为她做木工另打一张高凳时,她便全神贯注起来。

"哼!"一边看,一边心中还有些不屑,"手艺这般差,比鬼斧神工都不如,却还敢跟我自称木工一流。这凳子能给昆仑公主坐吗?歪歪斜斜,只适合哄小孩!哈,那我就接着再看看,看看这不值一提的凡人还有什么可笑的事!"

于是,就抱着好奇与鄙视交织的奇怪态度,睥睨万方的长公主津津有味地回顾起自己在人间的生活来。

不过,这样的宁静只是暂时的。

不知是因为突然醒悟自己刚才的专注而有些恼羞成怒,还是觉得飞速映现的画面中自己竟对一个凡人言听计从,西昆仑长公主只是甩袖一拂,面前高可百仞的仙苑玉山竟突然崩碎。轰一声巨响后,一座庞然大物便已化为虚无,现出背后那片娑罗树林来。

"母后!"抬手毁去镜山的长公主还不解气,扭过身跟西王母叫道,"母后!这张小言,实在可恶,我要将他碎尸亿片,让其魂灵灰飞烟灭,永世不入轮回!"

"……是吗?"听她说出如此狠话,西王母仍然是笑语晏晏。

"是的!"琼容公主盛怒暴若雷霆,猛然应得一声,音量之大,连她自己也吃了一惊!

"呃……"发觉有些失态,昆仑公主努力控制自己的怒气,尽力若无其事地说道,"嗯,母后,我便将他寻常杀死罢了。这凡人,不过蝼蚁,若是太为难他,倒好似我多看重他似的……

"母后,你不知道,这张小言看似忠厚,其实是虚情假意。他不过看我当时娇小可怜,便收留,和寻常收养个小猫小狗无异……"

说到后来,她声音越来越细,到最后也不知自己该不该继续往下说了。

这时,见她还这般嘴硬,西王母笑了,道:"容儿,你可记得我为何让你幻形下界?"

"这……"骄横的公主忽然有些踌躇,脸微微泛红,仿佛赌气般大叫了一声,"不记得了!"

"哈,不记得了,那为娘再来告诉你一遍。"西王母神色一肃,庄严说道,"在为娘眼里,你身为西昆仑长公主,掌管轮回重职,却不知阴阳相生、刚柔相济的道理。近千年来,你内心戾气滋长,跋扈骄横,不仅对轮回境中的魂灵随手批判,又常因小事迁怒众仙,导致怨恨沸腾。

"哈,若只是这样,倒也罢了。本来我昆仑王族,便是独断刚强,特立独行一些,也无不可。只是,你这般骄纵,以至于诸天上下没一个仙子神客被你放在眼里,这样下去,你如何才能像为娘一样找到一位如意仙侣,为我昆仑王族延续神脉。你……"

"母后!孩儿不听不听!"西王母才唠叨到这儿,话头便被女儿打断。

横暴的公主此刻突然变得无比娇憨,捂着耳朵闭着眼,使劲跺脚摇头,示意不想再听!

"哈!"见女儿羞臊,西王母不再多说,话锋一转,道:"容儿,我不说可以,只是有一事尚且不明。"

"……何事?"

"刚才为娘听你说,那张小言只是虚情假意?"

"当然!"

"呵……这点娘可不这么看。"

"他就是,他就是!"

"哈……容儿你先别着急,你可敢跟为娘一起试他一试?"

"当然敢! 我有什么不敢的?"威慑昆仑的长公主信心十足,"我正要戳穿他这个大骗子!"

"那好。"听女儿答应,西王母嫣然一笑,心中已有了主意。

之后西王母眼光越过琼容,望向白玉楼台前冰云广场上那片红光纷纷的云霞,目光在瑰玮绚烂的霞光上停留片刻,叹道:"唉,可惜这就快完成的霞雕了……"

第十章
繁华过眼，寻香莫怪蝶痴

不提悬圃中计议，再说小言。

自安置好琼容，一人去四处寻找，不到半个时辰，他便有了些眉目。越过重重花嶂，拨开层层祥云，小言终于在昆仑南方找到一个与众不同之处。

一片辽阔碧原的深处，摇曳的琪花瑶草中掩映着一片清湖。清湖水色杳渺淳泓，如若无物，湖中央有淡黄碎玉丛生，簇拥出一座白玉的方台。方台上清碧的光辉缭绕，闪烁晃耀，染得白玉方台上部绿气莹莹，如生春草。

灿烂的青绿光辉蒸腾弥漫，此起彼落，以至于台中情形具体如何，远望并不能看到。只知从这边看去，白玉台内中自有一股神圣生机弥漫四方，绝非等闲之所。

"莫非这便是昆仑山转生之境？"小言心中忖度。

按着羲和大神的提示，雪宜复活之机，全系于西昆仑掌管轮回的西王母长公主。他要求得长公主从轮回之境中检点拾回雪宜魂魄，才可能将那梅雪精灵救活。于是，当小言第一眼见到碧原深处的奇异玉台时，便联想它是不是昆仑转生之所。

心中动念，他便运起灵漪儿相授的隐身法术水无痕，隐藏起自己的形迹，小心接近水中玉台。

当然，此刻小言自己并不知道，他正接近的浮于空明仙湖中的绀碧玉台，正是他这几天朝思暮想的西王女视事之所。玉台上，缭乱翠光中，隐藏着一座八角的玉轮，玉轮上雕着昆仑仙篆，定义天地六界轮回之事。玉轮每角皆立招魂仙旗，悬引路明灯，为八方清魂指引轮转投生之所。

轮转台中，魂魄附到八角玉轮中，自会顺应轮表刻画的纹路悠游择路：该他得道成仙的，便会幻作仙形，去西王女手下仙官神吏处报到，分派至各职司洞府；若是未登仙位，还要转入六道之中的，转生玉轮便会记住魂魄生前形骸血肉的组列规则，暗存神意其中，他将来无论作何精灵，这些决定身躯精神构成的组列规则，都会给他留下前生的印迹。这便是所谓的"轮回"。

可以想见，不用说执掌转生之轮的西王女如何位高权重，便连例行公事的仙官神吏也威慑四方。

比如，也不知是哪一年，轮转台前职官奏报，说是大地西北蛮荒阴邪横行，百姓俱不守法，于是西王女雷霆震怒，顺手拔去轮转盘西北的招魂旗，数年之中，中土西北再无一人得道成仙。

小言小心掩藏着行迹，渐渐靠近威名远播的西昆仑重地转生玉台轮转盘。只是，还没等他看清玉轮盘的一角，便忽觉大地震动，冥冥中一阵轰隆巨响从西北方传来，仿佛哪座玉山崩塌，顿时震得眼前平静的湖水抖动起无数涟漪。

"……不好！"

觉出西北这声震动，仿佛冥冥中有一丝奇妙的感应，小言顿时心生警兆，只觉心惊肉跳。心有旁骛，隐身法术便有些失效，忽然间本空无一人的明湖玉台周围，便冒出了无数威目怒睛的神人兵将！

"什么人？"

到得此刻，小言也顾不得注意他们是不是完全发现了自己，当即一纵瑶光神剑，在虚空中划过一道若有若无的剑痕，如疾电一般直往先前留下琼容的庭园赶去。

到了积翠庭，按下云光，小言里里外外遍寻琼容不着，只看到古墙上那幅画，虽然不明白七拐八绕的白色线条意味着什么，但从歪斜的画风和线条末端那个梳着冲天小辫的简单人形来看，也知道该是琼容离开时给自己的提示。

一想到琼容离开，小言没来由地便心惊肉跳起来。一贯镇静明智的四海堂堂主，这时再也不顾隐藏行迹，并指大喝一声"疾"，背后便一道灿烂剑光冲天飞起，人剑合一，挟着震耳欲聋的风雷之声如闪电般朝西北方直直刺去！

"……好强的灵力！"

瑶光经天，风雷御电，一路上惊起不知多少悠闲的散客游仙。饶是这些人个个实力不俗，此际感应到那一道盘桓于天际的剑光，也不禁暗暗惊骇。

在超卓不群的太华灵力驱使下，缥缈无常、距离不知凡几的空中悬圃，须臾便到。

"琼容！琼容！"

心急火燎的少年按下剑光落在烟霞之中，还没怎么收好剑，便开始不管不顾地吆喝起来。

只是，正在这时，他却忽然听到空中一阵丝竹悠扬，神乐大作！

"这是？"

循声而来，张小言本准备拼命，谁知眼前忽然一阵光明耀亮，伴着乐曲，竟有无数朵鲜花从天而降，飘飘洒洒悠悠浮浮，如天降大雪般弥漫在周围。

沁人心脾的花香氤氲四周，光彩鲜洁的繁花缤纷左右，青渺的天空上更有无数娇艳的仙女提篮散花，婀娜的身躯如鸿毛一般轻盈，在飞花丛中翩翔飞舞，矫若灵凤。

俄而又有五色凤凰飞来。青凤、赤凤、黄凤、白凤、翠凤，这些人间罕见的神鸟，成群结队，拖曳着丽尾，抖动着彩翼，带着明珑的光辉翱翱，仿佛要与漫天的鲜花争艳。

"这……"

眼见鲜花漫空、鸾凤飞集，小言一头雾水，不知发生了何事，只知道按剑茫然四顾，一时也忘了呼喊琼容。

正自愕然，突然从天穹又传来一阵威严的声音："张小言，听封！"

循声望去，只见鲜花凤凰之外，有一华装丽人飘然浮空，头戴日霞之冠，足踏虚明月莲，神色威严冷粹，在高天中冷冷宣布："凡人张小言，秉性神明，虽无心而朗鉴，察风波于青蘋之末，见危祸于未见之端，邃禀明颖之姿，怀秀拔之节，奋忘机之旅，竭太华于海侧，舞瑶光于天南，封溽紊，斩恶龙，一载而胜，而后又能宁静安身，平和保神，精粹致真，至今日亲谒昆仑，已是道备功全。本王母览其真意，阅其功德，特封张小言为太华神君，辖领昆仑东天，治所开明宫，辖开明、陆吾诸神兽，再调三千司花天女相从，钦此！"

一旨宣罢，顿时神乐更响，鲜花更乱，祥云奔涌，凤翥鸾翔，诸天上欢腾喧闹，真如普天同庆一般。

"太、太华神君？！"

"昆仑东天？！"

巨大的喜悦，如洪水般说来就来，瞬间淹没了全身。忽然之间，小言像风中的秋叶般浑身颤抖起来，口中牙齿嗝嗝嗝上下相碰，本来想要长跪谢恩，腿脚口舌却俱不听使唤，膝盖忘了弯，如一根木桩，口舌不知道怎么发音，只听到一阵阵清脆击齿之音，全不闻半个"谢"字。

"呵……"

见他失态,刚才庄严宣谕的西天王母毫不介意,一阵环佩之声中已瞬间降临小言面前。

西王母看着小言,笑语晏晏道:"太华神君,恭喜恭喜。英雄出少年!这回多亏了你,真想不到,邪魔涍荥居然狡诈如斯,最后的布置连我昆仑也未察觉。若非有你,也不知六合之中,又要掀起多少腥风血雨!"

她这般夸奖,小言听在耳里,十分想谦虚几句,却还是控制不住自己,只能在原地呵呵傻笑。

见他这样,西王母不禁莞尔,朝诸天顾盼一回,然后悠然说道:"张小言,不必谦逊。对了,我知你初登神箓,便特拨三千司花仙女予你,她们个个善解人意……你若不惯昆仑清寂,自可于其间选择仙侣,我绝不干涉开明宫任何事务。"

这样说时,传说中众仙之长的西王母像个溺爱娇儿的母亲,脸上只洋溢着慈爱的光辉。

小言虽然心中欢喜,却并未完全忘记来意。此番上昆仑,只为雪宜能够起死回生,之前这事看起来颇为艰难,但自己现在居然成了昆仑山地位尊崇的神君,自然变得相对容易。尽管听说西王母长公主横蛮无礼,小言相信只要自己耐下性子,徐图缓计,最终终能成事。雪宜此事忽然易行,现在他却要着紧另一件事了。

琼容是否在此处?刚才此地那声山崩巨响,究竟发生了何事?与琼容有无关联?

因此,等突如其来的嘉奖带来的喜悦稍微平息了一些,小言便以惊人的毅力平静下心情,努力张口说话。

看着神光湛然、满面喜色的西王母,他小心翼翼地问道:"王母大神,方

才大恩大德,无以言谢,只好将来恪尽职守,终身图报。现在却有一急事相问,不知王母能否明示?"

"神君不必谦逊,有事尽管直说!"

"是这样,其实此番来到昆仑,舍妹也与我同行。刚才在仙境圣地之中一阵乱走,不小心路迷,失了舍妹所在,心中不免牵挂。不知王母大神可知她的去处?"

"哦?"听小言问出这话,满面春风的昆仑神母望了他一眼,道,"令妹模样如何?"

王母相问,小言便赶紧把琼容玲珑样子跟她竭力描述了一遍。等他描述完,刚才·团和气的王母大神,却忽然有些变色。

"张小言——"她道,"我看你是个人身,你确信你妹妹长成这样?"

"是!"

这时候,小言也觉出西昆仑之主忽然语气有异,说的话苗头也有点不对。

"人身……"想到王母刚才提到的这个词,小言顿时心里咯噔一下,有些不祥的预感。

果不其然,刚才还和颜悦色的西王母听他肯定回答后,顿时脸色便沉了下来。

静默片刻,西王母开口冷冷说道:"张小言,我不信以你神力,会被她蒙骗?唉,罢了!"

此时西王母脸上已如被冰雪,不带一丝感情地说道:"张小言,令妹我没见到,却捉住擅闯仙圃妖兽一只。你可有兴趣一见?"

"……愿见!"

西王母说出最后那句话时,这位新晋的神君顿时便明白了一切。几乎在刹那之间，他便觉得刚才热闹喧天的鲜花鸾凤突然消失了，整个昆仑都仿佛静了下来。

这并不完全是他的错觉。等"妖兽"被带上来之前，西王母便已停止了诸天吉祥喜庆的仪式。须臾之后，便有一精壮力士举来一物，放在阆风玉台前的冰原上。

"张小言你来看，这便是你来之前，本神刚刚擒获的妖兽。"

"……"

喧闹的天地已经静了下来。几道明亮的阳光从天边照下，经过玉台冰原的折射，将大家眼前的一切照得通透明白。

这时放在小言眼前的，是一只不大的铁笼，笼上栅条乌黑锃亮。笼中……就如三年前那个阳光明亮的午前，那只似虎非虎、似豹非豹、似麟非麟、似虬非虬的雪白小兽，就这样横卧在自己面前。

雪光一样的毛色映着明亮的阳光，散发出璀璨的珠光雪气，隐隐有虹霓不住游移。头上那对淡红的玉角，仍旧如小荷才露，过了这几年似乎也没有变长。

肋下依然是那对和身躯一样洁白的羽翼，看着它，谁能想到这样稚嫩的翅膀，不久前竟能承载他飞过凶险的弱水。

眼前熟悉的场景仿佛昨日重现，自己甚至又听到了三年前罗阳街市中热闹喧嚣的声息，唯一的不同，便是此刻小兽神气恹恹，耷拉着眼皮，仿佛被封闭了五官六识，看不到笼外的一切。

笼子放下时，可能感觉到笼子的震动，长长睫毛下盈盈的眼眸朝这边望了一眼，却什么反应也无，只如一只病了的小猫，侧身匍匐，用爪抱住小脑袋，在笼中默默打起了瞌睡。

……

刹那间,对小言来说,仿佛黑夜突然降临,耳边的一切都陷入沉静。楼台沉静,雪山沉静,众神沉静,无边无际的静寂包围着自己,再向四周蔓延……

在无边无涯混沌难明的静寂里,却有什么像针一样尖锐地刺痛心底。

"小狐仙……"

第十一章
奇缘仙朋，二月春声流梦

"妖兽?"

一眼望见笼中小兽，忽然之间小言只觉得浑身血气上涌，好像突然被人勒住脖子，喘不过气来！只不过一瞬间，他心中已转过无数想法。

"王母大神，不知……"

急智逼出许多说辞，但小言望了望西王母脸色，已到嘴边的话便突然和舌头一起打了结。稍微定了定神，他便摒弃一切繁文缛辞，匍匐在西王母面前。

以头杵地，在寒凉的冰晶地面上砰砰磕了几个响头之后，小言抬头恳求："王母容禀，您说的这笼中小妖，实则曾于我有大恩。不知王母如何才能放过她？如若可以，我愿舍了这一身仙爵神位，换她性命！"

高高在上的王母大神，听得小言此言，倒有些诧异。星眸曼转之际，忍不住望了望远处依旧在天空缤纷散花的袅娜仙女，心想，是不是场面还有什么参差，坏了这少年兴致。

一念闪过，她笑着对长跪在地的少年说："张神君，罢了，你也不知这西昆仑规律如山……念你初登神位，本座倒也不妨网开一面。这样吧，要救小妖，倒不要你什么仙爵神位，你只须跟我斗法一场，若是能挨过半刻，我就不妨饶这小妖一命。只是——"

说到这里，一向神色如春风般和煦，便连发怒也是光明正大的西王母，脸上神情忽然变得有些古怪。此时小言正全神贯注看着西王母，自然没漏过她异样的表情。

"只是什么?"小言心中奇怪，正想要问，却只觉得膝下的大地忽然震动起来!

"轰、轰轰、轰轰轰……"

一时间天摇地动，眼前的景物好像突然都动了起来。

"难道斗法开始了?!"

一念闪过，小言正要戒备，却忽见雍容出尘的西王母侧耳向西方聆听，却不再理会他。见如此，小言情知有变，赶忙转脸面向西方细看。这一看，让他大吃一惊!

原来，悬圃西天边一直亘古恒静的连绵雪山这时忽如活了一般，原本静静反射太阳光芒的玉岭雪脉，随着膝下轰轰的颤动，如一道道银蛇舞动起来。好像只是在须臾之间，大地山川相互挤轧，全变了原来模样。

一点清脆的响声，又从群山深处生发，转眼便扩展成千山万川之间的协奏，犹如千军万马，轰然不绝，越响越大。在剧烈洪大的响声中，千万团雪块从栖身了千万年的岩脉上脱离开来，络绎不绝地砸向它们面前无尽的险坡深渊。

雪崩了!

无数雪块雪面，反射着灿烂的阳光，崩腾剥离，飞落如雨。一时天地间有如破碎了千万片镜子，千万道光华散射四方，刺眼若盲。

"难不成昆仑也有天灾吗?"

轰然雪崩中，小言如此想。

一念未了，便听有如雷车横奔的雪崩声中，忽然传来一声沉闷的大吼："王母！你要斗法？何须找旁人！"

低沉的吼叫从崩塌的雪山中滚滚而来，如闷雷般落在景气祥和的阆苑悬圃，顿时震得祥云支离红霞破碎，混乱不堪！那些在天空曼舞逍遥的散花仙女，没有被先前的雪崩吓倒，听到这声沉闷的吼叫之后，却惊得从天空纷纷掉落，四散奔逃！

"哈！"也不知那是何人，却见西王母仰天一笑，裙带激风，朝西天傲然说道，"大鹏明王，自你与天地生，便在昆仑西天为尊。怎么突然便厌倦了，想去寂灭之方？"

西王母文雅娴淑，此时说话却无比狠辣！

"哼……"

西王母一言落定，一声闷哼又如巨石般从西方砸来，紧接着便是一连串滚滚长笑，伴随着豪壮的话语震荡在雪山玉圃之间："西王母，你倒傲气！说起来，琼容小侄女那轮回盘，本王还没去过，就是想去游游，又如何？倒是你西王母，我大鹏几万年来数番挑战，却从不肯与我动手，以前以为是你让我，今日一看，你却嚷着要和一毛头小儿斗法，你羞也不羞？"

"呵……原来如此。"西王母闻言微微一笑，对着西天说道，"雪山鹏王，那便请了！"

如若一声奇妙的咒语，西王母这声应承话音刚落，西方天边动荡不已的雪山忽然隆隆行动，一个个好像雪盔玉甲的巨人，从大地中倏然站起，吹着寒风的号角，举着冰川的槊矛，轰轰隆隆着朝这边走来。

在这些雪山巨人身后，天地间光华大盛，仿佛骄阳落在雪山之后，将那边照得炽白一片。转瞬之后，奇异的巨人神兵便前赴后继冲到悬圃近前。

仰望它们巍峨庞大的身躯，无论哪一个奔压过来，都能将白玉阆苑冰晶悬圃砸得粉碎！

目睹危情，小言弹身而起，刚要拔剑护卫，却只听得西王母一声轻笑，玉足轻轻一踏，在这轻轻巧巧的落足声中，天空中飞下无数道惊雷闪电，有如紫电金蛇，纠缠流窜到一座座活动的雪山之中。

刹那之后，那些峭拔如林涣若奔云的雪峰便如汤沃雪，转眼炸得支离破碎！一个个奔走起来的雪山巨人，刹那间变成无数个细小的雪粉碎石，漫空飞舞一阵，便飘落沉埋到千山万壑中去了！

"吼……"

雪山神卒转眼粉碎，身后光华辉耀月之处，却忽然响起一声低吼，有如困兽，然后便忽见一物飞起，翼如轮转，带着风雷之音遮天蔽日而来。

原本浩阔无涯的天宇竟忽然显得逼仄，原本光耀万里的太阳光线一瞬间都换成了天地神禽光辉灿烂的羽翼。挟带着悠远决裂的霹雳风雷之音，大鹏明王朝这边扑来，势如万钧！

说起来，西天大鹏明王完整的本相，小言并未能看清。那时光华太盛，如果看得太多，必然盲了双眼。不过，在那之后，他却看见了许多明王散落在四间……

镇静从容的西王母，在西天的强光席卷迫而来之，依旧只是玉足轻踏，铺天盖地的羽翼身躯便已轰然解体！

在小言看来，似乎亘古而生的神尊也与世间凡物相同，当时目击的情形，就好像以前自己看邻人杀鸡，刹那间便羽毛四散！

如果说，原本阆风之苑昆仑神地是冰清玉洁的白，那此时充斥眼中的，便是惊心动魄的红……

直到这时，小言才突然明白，为什么刚才西王母跟他说到要释放琼容需和她斗法时,会有那样古怪的表情。

"嘿!"正当他想得心惊胆战之时,却听谈笑间杀仙灭神的王母仙尊,朝他嘿然一笑,道,"张神君,还想与我斗法吗?"

"这……"

只不过片刻踌躇,便足够让人转过无数个念头。小言几度嗫嚅、欲言又止之时,西王母心中却已然有些后悔。

"罢了。"她想道,"我这样试他,确有些过火。天地间究竟有几位神尊,目睹刚才的幻境,还敢跟我出手。何况这少年,虽然法力不凡,只是他心境大抵还是凡人……唉!"

想到这里,西王母便有些自责:"其实这孩子真不错,也能降顺大丫头。我却何苦演得如此过火? 真是作茧自缚!"

"咳……"正当西王母心中懊悔之时,却不防刚才还在愣怔的少年突然轻咳了一声。

西王母一听,赶忙说道:"小言啊,莫不是你见刚才……心中不忍? 若如此,我们不比也罢。我们——"

西王母"再从长计议"这几字还未出口,便忽听张小言说道:"王母在上,请恕小言无礼,这便斗胆一试了。"

话音未落,按剑而立的新晋神君突然拔剑,人剑合一,如平地卷起一道狂飙,裹挟着无数电光星芒,朝近在咫尺的西王母击来!

"啊?!"

小言暴起发难,在场有两人同时一惊!

"剑求一人敌,烟中万虑冥。"

乍见如此凶险攻势,西王母倒吸一口冷气,转瞬之后心中却是一阵轻松。

"亦痴哉……"

面对眼前势如破竹的剑锋,虽然只是咫尺的距离,又裹挟着无穷的灵机,但对西天众神之长来说,却仍有充足的时间。

就如刚才对付迅猛无俦的"大鹏明王"一样,西王母只不过轻轻点足,眼前奋勇向前的少年便已消散!

有人却已泪流满面……

不提天上,再叙人间。

二月末的罗浮山,杂花生树,群莺乱飞。

即使是四季长春的洞天福地,也能感受到天地之间冬去春来的阳和之气。于是树发鲜芽,花吐嫩蕊,仿佛只是在一夜之间,苍郁青葱的罗浮群山中便爆发出许多灿烂的花朵,淡白、浅红、嫩黄、鲜蓝,一蓬蓬一簇簇点缀在青山碧岭之间,让原本书生青绸一样的罗浮山,转眼变成一块小姑娘头上的花巾,绚烂斑驳,焕发着无比蓬勃的青春气息。

二月的春雨,说来就来。刚刚明烂的阳光点亮无数鲜艳的山色,转眼便是云蒸雾合,烟雨淅沥。顿时无穷的山色,便被春雨掩藏在一层朦胧的轻纱之后,应了"溟濛小雨来无际,云与青山淡不分"的意境。

这时朦胧淡泊的群山危岭深处,千鸟崖久空的石居屋檐下,燕巢边的新泥也被烟雨染上了好几分湿重的水迹。

"燕子巢边泥带水,鹁鸠声里雨如烟",二月初春的罗浮山啊,动辄都是诗句。

燕巢新据的罗浮山千鸟崖上,坐落着最近几年中名声鹊起的上清宫四海堂。不过自逢剧变,石堂重修之后,堂中之人便相继离去,此后不乏生机的清幽石堂石崖,便显得颇为寂寞。平日里,除了偶有上清宫道人来石居中打扫,千鸟崖上便鲜有人迹。

少了往日四海堂中温婉女子的辛勤修剪,千鸟崖石坪外的青草绿蔓便渐渐占领了石屋主人的领地。往日光洁干净的石坪上,现在一片萋萋杂草,中间飞舞着细小的蛾虫,越发显得四海堂落寞起来。

话说这一日,寂静的千鸟崖前,在烟笼空翠、人迹罕至的蜿蜒山道上,却远远走来一人……

第十二章
化梅返魂，一杯水远山遥

山路上走来之人正是小言。

自下了昆仑，他便到了绿树春烟笼罩的罗浮山山路。与去时不同，归来时他只是孤身一人。

不过对他来说，这又有什么奇怪的呢？小言清楚记得，自从自己在昆仑上跟善良的西王母长公主求得能让雪宜返魂复活的仙药，和他同去的玲珑可爱的琼容妹妹便被西王女看中，留在她身边修仙炼道。

虽然自己与琼容均恋恋不舍，但有这样难得的大好机缘，他又怎么能阻拦？他不仅不能阻拦，还为琼容有这么好的仙缘高兴开怀。

留在昆仑的不仅是琼容，自己司幽冥戒中一直跟随的鬼卒丁甲、乙藏，还有上清宫罹难的蓝成蓝采和，也都被西王女看中，留在转生镜台当了看管招魂仙幡的神吏仙官。对于蓝成，小言原本只希望他能修成个鬼仙，不承想现在他竟成了昆仑仙界的上仙，这怎么能不叫他高兴？

所有这些喜事之外，对他来说最重要的就是，原来对昆仑仙界的西王女来说，让雪宜复活，只是她举手之劳。

小言清楚地记得，高贵的昆仑仙尊说，原本无论仙神，若是被天闪裂缺那样霸道的神兵打中,绝对无力回天,不过寇雪宜是雪山的寒灵之气、梅花的清和之魂凝聚而成,聚则有魂,散而无形,命魄本就不那么容易湮灭。

雪宜又曾机缘巧合,得到水之精魄在体内停留,水木相生,正是得宜,暗中早就铸成不灭仙身,若非万年不遇的天地浩劫出现,她生机绝难断绝。因此,现在只要小言将西昆仑的至宝仙药返魂精安全带回,再按西王女的教导施药,便能将她救回!

以上这些,或许真真假假,虚实参半,此刻回转罗浮山的张小言却都坚信不疑。他觉得,以上这些在西天昆仑的经历,每一刻每一幕都那么鲜活清晰,真实得仿佛就发生在昨日。

小言重上罗浮山后,不顾其他,一路便直奔千鸟崖四海堂而来。

等到了石崖上,小言便在石屋正堂竹榻上放下那只从昆仑求来的仙药宝匣,又在墙角边寻得一只鹤嘴锄,开始在石坪上锄起荒草来。

此时的千鸟崖石坪,经过半年多的风吹雨打,早已不见了本来面貌,石坪上到处覆盖着春泥。野芳相侵,便连遮风避雨的袖云亭中,石桌石凳上也积了不少尘泥,生出不少春草。每有山风过时,亭中坪上便一齐摇曳草影,十分荒凉。

重新归来的四海堂堂主,将堂前荒凉景致略略收拾,辟出一条道路。此后他便御剑而起,纵起一道云光,往摆放雪宜身躯的孤绝冰崖而去。到了高天冰崖前,小言在云中挥一挥手收去自己布下的雷关法阵,上前将那安然入睡的雪宜身躯抱起,在一派天风纵横中回转四海堂。

回到崖上,小言将雪宜身躯小心地摆放在崖东冷泉前那片碧草茵上,然后返身回到屋中,抱出那只长方形的白玉药匣,准备给雪宜施药。

此时正是上午,明亮的阳光从山前照来,将小言怀中那只白玉长匣照得闪闪发光。明烂阳光里,芳草丛中的冰雪梅灵,轻盈通透得如同一片碧水中

盛开的白莲。

小言抱着玉匣站在雪宜面前。半晌无言,暗暗祷祝之后,他轻轻俯下身去,小心地打开玉匣,在一片灿烂的阳光中,将闪着熠熠金辉的灵液从匣中缓缓倒出,让其静静流淌到雪宜身上。

起死回生的仙药倾下,千鸟崖前的日光金影里蓦然间闪过万点金辉,犹如夕阳下湖面粼粼的波影,浮光跃金,点点金芒交织成一道绚烂的光瀑,缓缓流泻在袖云亭边。

光辉散去,原本冰雪梅灵躺倒的碧草之中,竟忽然化出一株梅花,枝干盘曲妖娆,光洁青碧,其间花苞点点,亭亭立在亭前冷泉边。

倏然化就的梅株,仿佛隔了一道冰雾的帘栊,虽然头上阳光明灿,看在眼中却仍然隐隐约约,如镜花水月。光滑青碧的枝叶间,自有香风一抹,绕树翻跹,枝头一朵朵淡黄的梅苞带着晶莹的雪片,在风中轻轻摇曳,如欲诉言。

见雪宜倏然化梅,小言并没有丝毫惊异。因为他记得,昆仑西王女曾交代,雪宜姑娘毕竟遭历大劫,一时不能彻底起死回生,现在雪宜得了返魂灵液的助力,先化归本形,就着罗浮洞天的生机灵气小心滋养,少则几个月,多则两三年,才能回返人形。

此后的日子里,小言便深居简出,在石崖冷泉前陪着这株花树梅灵,小心呵护,不敢懈怠。

雪宜化梅之时,时节已入三月,正是春景如烟。千鸟崖前,柳絮飞如白雪,桃花坠如雨片。

尽管春光烂漫,山色无边,小言却无心游历嬉戏。三月里,小言记起“梅竹相生”的古训,便每日清晨即起,荷着小锄,背着竹篓,漫山遍野地去寻还未拔节的竹鞭竹节。每寻到一支,小言便小心挖出,带着泥土放到背篓里,回到千鸟崖后,再将其移栽在袖云亭前的山坡上。

这时节,满山寻竹的张大堂主,倒像极了他那个寻宝寻到走火入魔的田仁宝同门。他这些天寻竹种竹,真是不畏山高壑险,每每寻到废寝忘食。有时不知不觉,已是月上东山,夜色深沉,他仍背着那只竹篓穿梭于深山老林间,就着月色寻竹,不知疲倦,忘了归途。

三月里寻来的这些竹种生机最是盎然,往往一夜之间,它们便拔节生长,长及数寸数尺。于是在张堂主不知疲惫的苦心经营下,到了三月中旬,千鸟崖前的山坡上不知不觉已栽满细竹,每当清风徐徐来时,满山竹叶沙沙作响,对面山峦间的飞瀑流声则不复闻矣。

正是:

深山几回亭草绿?

梅仙一去岭云闲。

愿将山色奉知己,

修到梅花伴神仙。

日子如流水般从指间溜去,不知不觉便到了暮春四月。

辜负了大好春光的四海堂堂主,在山前竹林遍植之后,也只是在千鸟崖上,悠悠闲闲地打发岁月。

每日春光里,对一缕绿柳的烟,看一弯梨花的月,卧一枕翠竹的风,伴着亭亭玉立的梅树,倒也清淡悠闲。

偶尔,他也回味回味琼容憨跳可爱的稚语,每每忍俊不禁……

阳春烟月之中,四渎龙君曾几度携风雨来。他也知小言现在的处境,只有好言相慰,时不时告知一下自己孙女在东海休养的情况。

嗜酒的老龙王自南海事定之后又萌了故态,每回来时总是多带美酒。于是一老一少二人,便在袖云亭中对酒。每次都是从夕阳西下,霞光照岩,直喝到月移中天,老龙君才大醉而返。

此后每当入夜月色如水之时,小言也会在月影下于淡梅前酾美酒一杯,然后便在婆娑梅影中轻吹玉笛,让缥缈出尘的笛音萦满整座山崖。

一曲吹罢,便斟满美酒,在月下花前畅饮,然后又吹一曲清幽低回的笛儿,一直伴着梅花到天明。

饮时无语,奏时悄声,皆恐惊了花心。

如此生涯,真可谓超尘脱俗,情趣非凡。只是如此无忧无虑,小言心底却总好像有一抹挥洒不去的暗影,如遮月夜云,让他有些高兴不起来。

话说到了四月中旬,这一天正当他在泉前赏花,还是那样觉得有些心神不定时,忽然四海堂前对立的石鹤嘴中,蓦然发出两声尖锐的清唳,还飘出一缕缕白烟!

"飞云顶有急事相召?!"

现在四海堂堂主地位非凡,便连旧相识新掌门清河真人也不敢随意相召。这样一来,小言看到鹤嘴中不断飘出的青烟,心中便更加忐忑不安!

第十三章
将军鏖战，纵飞骑以救友

　　小言急匆匆赶到飞云顶,清河等人早已在上清观外广场上相候多时。恐是事态紧急,此时两下相见并没什么揖让客套,清河便将手中一方绢巾递与小言。

　　清河递给的绢巾原本应是白色,现半已污秽,看样子已不知传过多少人之手。等从清河手中接过,小言展开看时,便见上面用木炭写着短短五六句话,字迹娟秀,行句却零乱,显见是女子急切中写就。

　　绢巾刚入手中,小言一眼便先看见抬头末尾,分别写的是:"小言钧鉴","小盈拜上"。

　　仔细看看书信内容,不看则已,一看素性洒脱近来愈加淡泊的四海堂堂主,脸色一下子变得煞白! 正是:

　　　　血渍衣襟诏一行,

　　　　马上悲笳事惶惶。

　　　　此时仙家方沉醉,

　　　　不觉中原日月亡。

且不提飞云顶上惊恐,再说此时在长江中游云梦泽北江夏郡境内正发生着一件极不寻常之事。

事发之地是一处连绵山丘前的平缓谷地,唤作"牧良野"。牧良野南边,是一片连绵的山脉,称为"落云山脉"。

此时正是人间四月天,春光浓郁,落云山脉下牧良野中正是风光如画。碧草茸茸,铺蔓四野;野花点点,色彩缤纷。午后的春阳一照,弥天漫地的碧草烟色中便闪耀着五颜六色的花光,宛如天上的星辰落到人间。

本来在这样的大好春光里,风景如画的落云山牧良野正该是踏青游冶之地,只是现在,烂漫山花蓊勃碧草中却戟剑林立,苍烟滚滚!开阔的芳草地上人喊马嘶,上千名持刀骑士跨马往来奔驰,渐渐将一群狂奔乱逃的轻甲将士围在了垓心。

牧良野中被围杀的战士有一百来人,看样子应是残兵败将,各个衣衫褴褛,盔歪甲斜,满脸都是血污。他们盔缨战裙上沾满了血渍尘灰,早已辨不出本来颜色,手中的刀枪也早已卷刃,和四外那些盔甲鲜明、趾高气扬的轻骑一比,更显得狼狈之极。

这些逃兵虽然武功精湛,打斗间好似还高过那些轻骑,但是双拳难敌四手。以一当十的好汉只存在于传说之中,面对十倍于己的对手,还不到片刻工夫,狠命抵挡的逃跑将士就已在蜂拥而至的攻击中倒下了十几个。

余下的部众见势不妙赶紧向内收缩,紧挨在一起,兵戈环转对外,用自己的血肉之躯筑成一道人墙,将重要人物保护在中心。

也不知是濒临绝境激发出无穷潜力,还是他们深入骨髓的忠心逼迫自己发挥出最大的能力,这些已到穷途末路的军卒,口中吼吼作声,兵器狂舞如风,竟一时抗住了潮水般的攻击。

见他们悍不畏死，兵力占优的轻骑倒有些迟疑起来。虽然身后将领不断督促向前，但冲在最前的那些官兵此刻大抵只有一个心思：反正这些逆贼已是瓮中之鳖，无论身死还是受擒都只是时间问题，这般情况下，自己只不过一小小卒子，何必跟这些疯子斗闲气，要知刀剑不长眼，若是太靠前，被碰掉身上哪块可是接不回来的，岂不是冤枉之极？

因此，见逃跑军卒收缩反抗，原本势如破竹的骑兵大队竟一时停了下来。

"嘿……"

这一情形，全都落在了骑兵身后小小山丘上横刀立马督战的黑脸将军眼里。

"这群王八羔子！"神色凶狠的将军见部下出工不出力，自然口中叫骂不住。不过，虽然口中骂着部下，黑脸将军却一点儿都不着急，兀自跨在青花大黑马上，提着手中那口硕大的铁扇板门刀，意态悠闲地看着面前的战势。

"罢了！"看着眼前一边倒的情景，督战将军有些得意地想道，"没想到侯爷分派下这差使，好几路人马上千里地追下来，最后竟让我李克定占了先！"

原来面如黑铁长、神似丧门神的猛将军名叫李克定，是京城洛阳昌宜侯府中所养马队飞彪骑的正指挥使，也是一世名将。

话说此次，被软禁的永昌公主得了前羽林军将士相助，骗过白小王爷趁隙逃出。昌宜侯府得了消息立即派出五路兵马，顺着公主出逃的路线紧追下来，其间几经波折，还在汝南国境内和意图庇护侄女的汝南王打了一仗，直将眼高手低的老王爷打得逃进深山老林，飞彪骑李指挥使才将公主一行堵在落云山牧良野。

对李指挥使李克定来说，还有比这更幸运的事吗？出发前他们侯爷就曾放下话来,说这回无论是谁追回永昌公主,都算立了大功。若带回的人是死的,则封为羽林中郎将;若人是活的,便再加万户侯。呵呵! 照眼前这情形,那万户侯羽林郎,还不是他李克定囊中之物吗?

"中郎将、万户侯……"看着眼前笃定之事,李克定口中又反复嘀咕了几遍侯爷的许诺。只见他一拍手中门扇一样的大砍刀,冲着身前的军卒大喝一声:"小的们,都给我听着! 那公主,要活的!"

喝罢一抖丝缰,李克定催马上前。此时他手下那些骄兵悍将,也各个顺着他的话,齐撒战马乱松丝缰,齐声大吼:"抓活的! 投降吧!"

在震耳欲聋犹如野兽齐鸣的叫嚣声中,所有被围在垓心之人脸色都一下子变得煞白。虽然耳朵里听着对方说什么"抓活的",但到得此时,他们已知自己绝无生机。眼下京中发生了什么,他们做了什么,又有什么后果,从一开始他们便十分清楚。一旦失败,绝无生理。

"能让这些狗才捉活的吗? 不能!"

所有人心思相同。

只听垓心虽满面憔悴却容光不减的女孩说道:"严将军,请取那支长戟来。"

"是!"从前心思最是机敏的皇家羽林中郎将严楚毅,赶忙从旁边部属手中取来那支最长的铁戟。

"严将军,请将它杵牢于地。"

"是!"公主的命令被不折不扣地执行着。

"好了,诸位——"

见铁戟杵牢在春泥里,已是一身褴褛戎装却仍掩不住万般明艳的倾城公主环目四顾,朝四周守护着自己的忠心将士说道:"这一路,居盈谢谢诸位叔叔伯伯的悉心照顾!"

说罢，微微侧身盈盈一个万福，朝四方拜过后，来到立戟之前，满面春风地跟众人笑道："诸位叔伯，你们也知道，我永昌公主这回绝不会被生擒。我……这便去了。"

说罢她从袖中抽出一抹白绫，将它展顺抛上高高的戟头，然后稍稍踮起脚，在戟上挂下的白绫末端打了个活结。

她做这事时，任圈外敌声喧沸，圈中战士俱鸦雀无言。公主白绫打结之时，也无人阻止，诸将士只默默一齐跪下，寂然无语。

那些外围防御敌人冲锋的将卒，则仍旧各执兵刃，警惕着敌情。此时他们只有脸上有些异样，两行泪水流出，在满面尘灰中冲出两道沟渠。

"别了……"当手中活结渐渐打成，永昌公主望望南边的高天白云、黄花碧岭，心中默默念了一声，便踮起脚，准备引颈自缢。

"不好！那公主要自杀！"

几十人的人墙委实挡不住高头大马上骑士的视线，穷途末路的女孩准备自缢之时，马上便被附近一些骑士看穿意图。最前面的几十匹战马瞬时冲踏了过来，准备阻止，挡在最前的羽林将士，奔起身死命抵抗，眼眶噙着泪给公主争取最后的时间。

一时牧良野中人喊马嘶，转眼便杀声震天！

"呖……"

没人想到，就在千钧一发之时，忽然间纷乱如麻的战场中响起一缕清越的笛声！

一时间，无论是权欲熏心的将军、引颈自缢的公主，还是拼死相争的战士，仿佛全都听到有人在耳边不远处给自己吹笛！沸反盈天的喊杀声里，曲调缥缈的笛音只在自己耳边萦绕飘荡，无比清晰。

突如其来的笛声刚柔相济，软如杨柳和风舞，硬似长空摧霹雳，听在各人耳中却又似乎各不相同。

在骑兵耳里,笛声傲慢雄壮,滚滚而来,好像铁骑刀枪冗冗嘈嘈,震人心魂。在被围的羽林将士耳里,笛声凛冽高昂,似清风过冈,十分鼓舞人心。在如花少女耳里,却格外清幽温柔,似落花悠悠流水溶溶……

"那是……"

笛音听来十分熟悉,一心赴死的倾城公主心头猛然一震,手中白绫滑脱,她赶紧转过头朝笛声来处凝眸望去。于是落难出逃的人间公主,便在这九死一生的绝境之中,看到她一生难忘的情景:山花烂漫处,蓝天高挂白云低垂,碧草高坡上,有人乘银鞍白马,旁若无人般横吹玉笛……

几处吹笛芳草地? 有人倚剑白云天!

第十四章
凤舞狂飙，解危难于倒悬

八千里路山和水，半天之内能赶到这里已殊为不易。堪堪到了山坡，却见少女要走上绝路，无奈中小言只好举起神雪玉笛。

兵荒马乱里，笛音乍起，幽幽然仿佛就在每个人耳边响起。若置身其中，并不知此时与前一刻已千差万别；而若置身事外，倒可以察觉，乱军之中正马如狂飙人如欢龙，四下里喊杀连天号声如沸，怎可能如此清晰地听到一缕清泠泠有如春水的笛音？兵戈定，马蹄停，缥缈的笛音过后，万军丛中只剩下那一位刚刚滑落三尺白绫的女孩犹能行动。

"小言？"

笛声停歇，颤然回眸，看到南边山坡上正阳光遍地。绿油油亮得直晃人眼的山坡上，万绿丛中，一匹雪亮的高头骏马傲然伫立。银色的马鞍上，是一位清神俊雅的男子，铺展着比雪驹白云更灿烂的袍服，正注目望着自己。

一切都如梦幻，来人如山般倾来，手臂伸出，只轻轻一揽，便将她抱到马上！

"……"

到这时，刹那间，再没有了面具，放下了所有负担，一切痛苦的愤懑的委屈的悲愁的绝望的苦难的情绪再也不用控制,像决了堤的洪水般倾泻而出。曾经坚强的女孩回复本来的软弱面目,如风中秋叶般剧烈颤抖,晶莹的泪水无声地夺眶而出,漫流肆溢。

到了这时,周围那些如木雕泥塑的军卒忽然如梦初醒,浑身恢复了知觉。只不过虽然身体能够展动了,大多数人却仍昏昏沉沉,一时失去了思考的能力。茫然若失间,忽听周围原野上沸腾回荡起一个声音:"咄……尔等犯上作乱之人,速速离去! 今日我与公主相见,不愿展动刀兵,除了首恶将军,其他人速速离去。如若不然,今日管教你们死无葬身之地!"

张堂主大义凛然的恐吓话说完,牧良野上却是一片寂静。

四海堂堂主惊奇地发现,那些包围他们的士兵竟似乎没有丝毫反应。

"奇怪……我都怕死,莫非他们不怕死?"

小言却不知,这是人间,不比南海,他这个张堂主的大名还不如在南海神怪中好使。再者他以为自己刚刚露了一手,这些军士便该知难而退,听自己好意放生,便赶紧逃命而去。

他却没想到,对于这些刀头舔血的悍勇军卒而言,他刚才那道骨仙风的法术实在太过含蓄,若是蠢钝点的,还只当方才只听过一段小曲。

因此,小言这番良善之言,听在那些骄横跋扈惯了的昌宜侯府骑兵耳中,不免觉得可笑之极。这时,即便少数清楚知道刚才发生了何事的叛军,也只觉得穿着漂亮雪青道袍的后生,只不过是施了点小小的障眼邪术。

这等旁门左道的勾当,对于他们这些久经训练的士兵而言,实在不足为惧。还在京师时,他们就曾反复听新封的护国神教净世教法师开坛讲过,若在战场中遇到让人神情恍惚的法咒,只要往自己脑门上抹一点新鲜人血,法术便自然失效。

于是,漫山遍野的骑兵忽然间不约而同地纵声大笑,笑声越来越大,越传越响，直到后来竟震得山谷轰轰作响。

虽然不知叛军在笑什么，小盈却觉得眼前这个情形，和当年烟波浩渺的鄱阳湖游览画船中那次是何等相似。

喧闹声中，只听跋扈将军高声叫喝："儿郎们，给我冲！"

狂呼乱喝声中，上千人的马队从四面八方汹涌而来。他们红着眼，舞着刀，仿佛转瞬之后就会将中间这块狭小的天地踏平！

"唉……"

听着轰轰的马蹄声，看着那些扭曲得变形的面孔，四海堂堂主只是轻轻叹了口气。将浑身无力的小盈暂时安置在地上，扶着坐稳，他便合手朝四方拜了拜。

这一拜，突然天地间风云变色，骤然黑暗得如同夜色降临，本来微风和煦的碧野草原上毫无征兆地刮起骇人的飓风！

"咻！"

难以想象的风速，让原野上的风暴带起尖锐的啸音。还没等那些杀红了眼的叛军反应过来，他们便连人带马被愤怒的风暴离地卷起，如同稻草扎的纸人纸马般被轻易地吹上高高的天空，如风车般乱转，如柳絮般飞翔，像断了线的风筝纷落了一地。

到最后，只听轰隆一声，远处一座山峰，也在这横扫千军的狂暴飓风中轰然塌下。峰头轰然滚落之时，落云山下青青的草原，已被鲜血染得如同遍地残阳。

看似自然灾难的可怕飓风，千横万纵锋锐如刀的风飙却如有灵性。不管周围如何狼藉，哭爹叫娘之声遍地，小盈周围两丈里却连草叶儿都纹丝不动。平静的风眼里，精疲力竭的忠勇将士们看着四外满天飞舞的叛军、阴沉四塞的浮云，还有动荡不安的天地，不由得张口结舌，如在梦里。

这时又如在看皮影戏，台上人物道具闹得昏天黑地，自己周身却丝毫无异。这已超出他们的想象，一时还不能接受这样的情景。他们中有许多人只觉得应该是自己太累太饿，以致出现了幻觉。或者，大概自己已经死了吧？要不怎么仿佛魂灵出窍，看到了地狱阴间的风景。

"我可怜的公主陛下啊……不知道脱险了没有？"

不少觉着到了阴曹地府的侍卫将士，头晕眼花看着可怕风飙的同时，还惦记着公主的安危。正在这时——

"哼……"

这声沉静的冷哼，是阎罗王的声音吗？

"勿谓言之不预也！""阎罗王"恨恨地扔下一句。

然后声音变得有些沉痛："看来，还要死更多的人……"

至此，在这声听起来比阴曹阎罗王还冰冷的声音中，永昌公主复国战争的第一战便告结束。

前后只不过片刻工夫，一千名骁勇善战的战骑，便永远沉睡在了这片碧野山谷里。

作为皇师还朝的初战地点，现今仍人迹罕至的落云山牧良野，注定将成为百姓官员们游览的热门之地。

事实上，以后被尊为"中兴国母"的永昌公主的复国战争，并没用多少时间。前后算算，总共才花了不到两天时间，因此这次还朝战争又被称为"二日之战"。

此后，时间流逝，当历史的长河被笼罩在一层层的烟云迷雾中时，许多当时的真相便渐渐失去了最初的形迹。多年过去，当快如一瞬的历史片段再被提起，看到"河上三军合，神京一战收"的夸张史迹，许多重视实据的历史学家便心生怀疑，通过严谨的考证终于发现，原来当年令仪天下的护国公主之所以能够夺回皇位,其实是拜老天爷恩赐!

在最新的系统研究理论指导下,他们将天文、地理、生物、气候等种种看似不相干的学说引入历史事件之中,经过综合交叉研究后发现,原来所谓"天神护佑、圣灵襄助"的王朝复辟,只不过是一系列骇人听闻的自然灾害密集发生在两天内而已。

他们相信,出于某种概率,这些自然灾难全部的恶果都不幸地落在了那个篡位侯爷军团上。这样,那时迷信的人们才相信了天命的指引,并通过群众的力量,最终扭转了历史的进程。

这些当然都是后话。回到此刻此时。

剿灭了追来的叛军,大伙儿还惊魂未定之时,便听忠心的年轻堂主竟提起了复国反攻大计。

虽然,此时公主身边残存的将士个个都忠勇无比,也无时无刻不在想着复国,但刚刚脱险,忽听到这样浩大的计划,还是不免面面相觑。

虽说眼前的年轻道人似乎会使很强的法术,但想想这些天来的遭遇,不说人情冷暖世态炎凉,只想想京城中呼风唤雨、撒豆成兵的净世教妖人法师,所有将士都神色黯然。

只不过,即使这个年轻人太过冒进,但他刚刚毕竟救了自己,可以说,现在自己这条命就是他的,莫说是今后的反攻复国,就是他现在在面前挖个火坑让自己跳,自己也只能睁着眼睛跳下去,不能有丝毫怨言。

当然,这只是当时的想法。后来事情的发展有些出乎他们的意料。火坑是没有,冰块砌成的屋子却有一大间。

只听神采出尘的年轻人说了一句:"诸位军爷已太辛劳,此后之事小弟一人承担。今日且送诸位去一处纳凉,休养生息,将来也好一起重建社稷。"

才刚刚听罢,这些心力交瘁的将士便发现自己忽然已置身于一片冰光闪烁的水晶宫殿里。

第十五章
凤笛鸾鸣,邀月宿山深处

等安置好羽林卫,偌大的牧良野上一下子便静穆下来。茫茫旷野中,只剩下久别重逢的两人。

风声猎猎,又过了一小会儿,等心力交瘁的公主稍稍平静下来后,张小言便对她说:"小盈,我们走吧。"

说这话时,方才抬手间横扫千军的堂主,却格外温柔。听了他的话,秉性刚强的公主鼻子一酸,忍着泪轻轻答言:"嗯。"

听得小盈同意,张小言一声唿哨,远在高山坡上的白马如闪电般奔到近前。因小盈疲敝,小言这时顾不得男女之嫌,探手过去,一把将小盈抱上了战马。

此后只听张小言喝了一声,"驾",骕骦风神马便朝北方原野奔驰了几步,之后四蹄悄然离地,姿态优美地飘然而起,朝北方浩阔的天地飞行而去。

不知不觉已到了夕阳西下的时候。逃难了许多天的皇家公主歪着头,眊着明眸,美丽的睫毛微微抖动,静静看着落日的风景。

今日的黄昏夕阳,并没有什么出奇。透过一片淡淡的微寒的薄雾天风,小盈看到发黄的日头,只在西边山峦上晃了晃,便落到山那边去了。

满天的流云似乎也没什么好看的,因为没有红彤的落日相照,它们也算不上晚霞,只在天空中微微泛着黄光,随着日落西山一阵光影变幻。

这样寻常的黄昏暮色,女孩却看得出神。

渐渐地,一团团的流云在眼前变暗,搅作一团,混沌了颜色,小盈再也分不清这片那片……

"小盈?"小言忽然开口唤她,"你要睡了?"

"嗯……"小盈疲乏地回答,"困了……"

"嗯,"小言说道,"那你先靠在我背上睡会儿吧。"

"嗯,好的!"

小盈刚侧着脸在小言背上倚下,纵横交错的天风中便倏然飘来一道风息,如一道弹性十足的无形绳缆自腰后将她揽住。此后无论踏破虚空的神马如何颠簸,她也不怕跌落马下。

觉出这道无形的风索柔然牢固,小盈许多天来终于第一次笑出声,轻轻道了声"谢谢",便倚靠在小言身后,安然入睡。

自此之后,除了横身而过的天风发出呼呼风声,再无其他声息。

神异的坐骑踏碎虚空,在一片夜云中朝北方无尽的大地倏然飞去。

天马行空之际,马背上的骑士偶尔向两边看看,便见两侧夜空中的星星流动成短短一线,朝身后不断逝去。

东方天边那轮明月,渐渐在一片流云中放出皎洁的光彩,又有些泛黄,如同一只镀金的银盘泛着金黄的光辉,让人在清冷的月色银辉中感觉出一丝温暖。

月如轮,星无语。就这般寂寞赶路。

大约入夜时分,小言和小盈终于赶到了河洛东南嵩山上空。

此时离京城洛阳已不到二百里,即使骐骦马悠悠慢行,也不过半个多时

辰的工夫便能到达,但小言并没急着赶路。道法大成的上清宫四海堂堂主,此前已跟落难的公主夸下海口,说要以他一人之力,再加上公主相助,很快剿灭那些叛党。能说出这样的话,自是因为这心思素来缜密的年轻堂主心中已有了一整套稳妥的计划,所以现在并不着急。

等他们来到河洛东南嵩山上空时,在一片月华光影中,小言小心地按下丝缰,银鬃赛雪的骅骝马便如一朵轻云,落在一个地势平缓的山坳里。

落到地上,举目四顾,见这片小山坳中,有一条蜿蜒流淌的山间小溪,小溪两边生着大片的松林。

虽然已是春季,这片背阴的松树林边却还有不少枯草,枯草中落满了焦枯的松针。跳下马来,踩在上面,只觉得柔柔软软,如同天然的床榻一般。

于是小言便在这溪边的空地上选了一块软滑的草地,然后微念咒语,袖中滑落出一条阔大轻薄的绒毯。将绒毯小心铺在地上,等一切准备妥当,便将还在马上风索中沉睡的女孩抱下,来到野外简易床榻前,将她轻轻放下。

"……嗯?"

正当小言刚要将绒毯对折盖上时,小盈却嘤咛一声醒了。

"小言!"见得眼前情景,小盈一时不知身处何处。

继续帮小盈盖好绒毯,小言说道:"小盈,我们暂时在这里歇个脚,你好好睡吧。有我在,你什么都不用怕。快睡吧。"

"好的……"很快小盈就又昏昏沉沉地睡着了……

安排小盈睡着后,小言便在溪边寻了一块山石,坐在那儿,手支着脸,想起心事来。

"吾皇驾崩了……"

自今日接到小盈传信起,每当想起这件事情,小言仍忍不住头晕目眩,如欲昏厥!

说起来，他这个当年的饶州小厮虽然得了奇缘上了罗浮山，拜三清祖师，后来又有许多神幻奇遇，但事实上，他还是和这人间尘世中的许多人一样，心目中以皇帝为天为地。毕竟方入道途没几年，即使再洒脱不羁，自小接受的皇权观念仍是蒂固根深。也许后人不太理解，当时如果皇帝死了，对很多老百姓而言，那真比死了自己亲人还悲伤。

这样情形下，如果再知道皇帝是因奸臣谋权篡位才驾崩的，那便是悲愤交加，更加不能容忍。

原来，就在今年二月初，差不多小言正在南海中翻天覆地之时，中原京师也发生了一场大事。洛阳帝京中，当今天子的兄弟、倾城公主的叔叔昌宜侯，觉得时机已到，便突然发难，联合朝中死党、府中死士，施用绸缪多年的计谋，不仅将自己的皇兄谋害，还囚禁了包括永昌公主在内的诸位皇子、公主。

如此作为之后，因为顾忌朝中颇有几位贤明大臣，特别是几位不肯归顺他的将领还掌握着兵权，昌宜侯便听了谋士谏言，准备徐图缓进，跟诸位朝臣谎称皇上重病，暂由他摄理政事。

而此时他的党羽已密布宫中，所有忠心皇室的宫女太监都已被杀害，因此弥天大谎撒下两月竟安然无事。

当然，在这期间，也有不少大臣心生疑虑，但因昌宜侯所行之事太过骇人听闻，即使流言四起，也没人想到宫中已经天翻地覆，摄政王爷昌宜侯竟已将陛下杀害，将皇子、公主囚禁！

在这两个多月中，昌宜侯紧锣密鼓着手篡位之事。此时他的得力义子，据说被鬼迷了心窍的郁林郡太守白世俊，也在净世教高人全力施救下恢复了正常，又成了昌宜侯的左膀右臂。白世俊现在任虎贲中郎将，统领洛阳城最精锐的五万虎贲军，负责宫城防卫。

张小言曾经与之交过手的邪教净世教，竟早就和昌宜侯暗中勾结。侯爷一旦举事，他们便大模大样地变身成了护国神教。

一时间，净世教徒从全国各地赶来，遍布京师各处。朝廷专门为他们征了教府建了法坛，自此净世教众不可一世，作威作福，直把京师搅得乌烟瘴气。此时的净世教众，早已不把上清、妙华、天师等名重一时的传统道门放在眼里。

所有这些变故，林林总总不得一一详叙，总之和历朝历代谋权篡位差不多，自逆事发动起，昌宜侯麾下全都沐猴而冠，只等五月初昌宜侯、净世教联手导演的"禅让大位"仪式上演，再裂土分茅、弹冠相庆。

朝中官员渐渐按自己的意思被调换得差不多之后，觉得大事已定的昌宜侯凶相毕露，开始大肆屠戮皇兄遗下的诸位皇子、公主。

对昌宜侯而言，虽然这些天潢贵胄是自己的侄子、侄女，但斩草宜除根，夺取天下的大事绝容不得半点妇人之仁。于是往日养尊处优的皇子一个个相继惨死！

如果真按照昌宜侯这样布置摆布，恐怕天下还真要落在他手里。很可惜，虽然昌宜侯没有妇人之仁，他那比亲生儿子还亲的义子白世俊，却并不尽然。

说起白世俊，虽然曾因小盈差点丧命，可痊愈后，梦里魂里还是那个倾绝天下的丽影。

于是，当一个个皇子凋零后，在他苦苦哀求之下，昌宜侯居然网开一面，暂且留下了小盈的性命。聪慧无比的小盈一看便知白世俊很可能是自己唯一脱身的倚靠，因此虽然怀揣着血海深仇，也豁出些矜持，与他虚与委蛇。当然，这只是外柔内刚的小盈一时的策略而已。

白世俊对小盈异常痴迷，以至于小盈板着脸，他却当笑脸如花；小盈没

好声气,他却觉得是天籁神音!

就这样,小盈的行动一天比一天变得更自由。终于她找到了机会,和早就怀疑事变的前羽林军中郎将严楚毅联系上了,将自己的情况和盘告知。

严楚毅虽在昌宜侯清洗中被革职,但作为皇家卫士统领,毕竟消息灵通,早就发觉种种异常。因此,即便被革职之后,他仍派心腹到京城各处要害暗中查探。

当他接到公主传出的讯息之后,大哭一场,抹完眼泪便召集旧部,歃血为盟,看好时机,带着死士冲入软禁公主的帝苑,救出公主,然后长途奔逃。

这便是所有前情。可以说,遇到小言之前,他们这一路惶惶如丧家之犬,一路折损,人数越逃越少,其中万苦千辛,自不必细言。

再说小言,在嵩山东麓山坳中苦思一夜,不知不觉东方晓星明亮。当山林中的鸟声响成一片时,一夜未眠的年轻堂主负手立定,站在山谷小溪边,仰望着东边山峦上广阔的天空,神情少有的肃穆。

此时小言眼中,东边晨光起处,鱼肚白的天空到处布满细小的云片,如鱼鳞般整齐地排列。鳞状云片之间,又有许多肉眼难以察觉的紫色雾气氤氲缭绕,游移不定,给灰色的云朵镶上了淡淡的紫边。

"这……"观察着清晨云气,半晌无语的年轻堂主忽然间喃喃自语,"晨星迸现,紫气东来,主天命转移,回归大统,这倒是大吉……只是云鳞如甲,浩然纷繁,恐怕今日要有好大一场杀劫。"

"……小言?"

正当小言神色变得肃然如铁之时,忽听身边一声温婉的呼唤。

"嗯?"小言转过脸去,"小盈你醒了?"

晨光中,小言看到小盈头束金环,一头乌亮的长发瀑布般垂洒在那袭华光湛然的嫩黄长裙上。

原来在小言沉思自语之时，小盈已经醒来，去溪边略略梳洗，便信步走近，已注目看了他半天。

此刻见小言终于回过神来，宛如杏花烟润般的女孩莞尔一笑，凝目看着他朗若晨星般的眼睛，吐气如兰地说道："小言？"

"嗯？"

"你知不知道，你这个样子，我还真有些不习惯呢……"

"呵呵，是吗？"

听小盈这么说，小言刚刚还严肃冷峻的脸色慢慢融化缓和下来。

按着腰间的封神古剑，小言跟小盈说道："小盈，我本不该如此。只是今日我这三尺青锋，恐怕要饮足鲜血了！"

"今日……必须如此吗？"

"必须。有几句诗你可曾听说过？"

"什么诗？"

"男儿试手补天裂，剑似寒霜心赛铁。一身转战三千里，一剑曾挡百万兵。"

第十六章

三山神阙，轻身一剑知心

神州天下，中土京师，无人不知恢恢洛阳城城池壮丽，市井奢华。

天下政令军事中心洛阳，开城于河南郡内黄河南岸，地处河洛盆地略偏西。因城池在洛水之北，自古名为"洛阳"。

京洛所在，北依邙山，南瞰嵩岳，西倚小秦岭，东对着伊洛河冲积平原，若由云空俯瞰，则洛阳京畿之地三面环山，向东敞开，如一只朝东放置的斗箕。河洛盆地地势西高东低，南北高中间低，因此地理偏西的洛阳城居高临下，巍峨壮丽的城池凛然俯瞰着整个伊洛河平原，有万千王者气象。

话说这日一大早，位于京师洛阳东城外占地广阔的伊洛河原皇家校军场平野上便尘土飞扬，喊杀震天！

成千上万的步兵骑士披坚执锐，借着蒙蒙亮的天光认真进行着操练，虽然只是日常演习，这些士兵仍然一丝不苟，随着校官的旗号往来冲锋厮杀，若不是那几个一旁观看的闲汉知道这是校军场，真要以为这里真的发生了惊天动地的大战！

这些发狠操练的虎狼之师，正是小盈口中的谋逆之臣昌宜侯一手培养操控的虎贲军。自从昌宜侯两月前暗中举事，负责京畿重地城防的虎贲军中郎将一职便被委任给了昌宜侯最信任的义子白世俊。

本来，政变后京畿之地风平浪静，用不着虎贲军如此搏命，但自从永昌公主意外出逃后，天下局势便起了变化。公主一路逃亡时，有不少王爷将领得了内情，虽然一时还不敢轻举妄动，暗地里却已有所动作，恐怕迟早要生事。

这般情形下，作为现在朝廷中最强大的军队，虎贲军这些天便没得停歇，刻苦操练，一旦有事，待侯爷一声令下，便杀过去！

这一天早上，在虎贲将士旗号鲜明的冲突演练里，朝阳慢慢地从东方地平线上升起。

静默柔和的红日，先是给东边地平线上低矮连绵的山丘镶上一条红彤彤的光边，渐渐又点亮了草叶灌木中无数的露水。当璀丽灿烂的晨露缀满整个野泽草原，草窠旁的露珠如宝石一样耀眼时，无数的鸟雀便从梦中惊醒，成群结队地在林间跳跃鸣唱。

到这时，四月春深的伊洛河平原便正式从春梦中苏醒，向普天下焕发出无穷的生机！

生机盎然的河洛春日清晨，不知是否因今日东方朝日出奇地如血嫣红，满天刚被某位远道来的道家堂主认作杀气盎然的鳞甲云阵，此时却幻成了漫天最红艳的彩霞。

流丽满天的云霞，如鲜绸，如花缎，分外艳丽鲜明地飘浮在万里长空。在少有的亮丽朝霞映照下，本来绿茵成片的河洛盆地已变得殷红如血，所有景物都被涂上一层殷殷的红光，望去如同血海。

在艳丽得让人有些窒息的春晨霞光里，已有些鸟雀虫蛙感应出些许端倪。自晨光初现短暂欢唱之后，虫鸟们变得惶躁不安起来。成百上千的蛤蟆从草原的一个水泽跋涉到另一个水泽，无数鸟雀从栖息的丛林中飞起，顺着朝阳霞光的方向拼命飞翔,径直掠过洛阳城巍峨的城郭,迅速消失在茫茫远山间。

相比蛙雀的敏感,那些万物灵长却有些迟钝。比如,在尘土飞扬的皇家校军场东侧,那位叫陈林的哨官校尉看着天边红丽的鳞霞,心中泛起联翩浮想:"艳哉!丽哉!"

一脸络腮胡子的陈哨官闲在一旁,看着天边的云霞竟忽然诗兴大发,暗自沉吟:"这……杀声震碎树头花,彩云飞上日边霞——好诗,好诗!"

五大三粗的陈哨官得了这两句诗,立时情不自禁、喜笑颜开。

其实陈林是虎贲军中一个挺特别的军官。他一直都觉得,其实自己更适合去当一名风度翩翩的诗客,而不是现在这样汗湿重衣、满身酸臭的军官。

因此,每次当值时在心中偷偷写出美妙无比的诗句,才是他最快乐的时光。于是刚吟出两句好诗的陈林,眉花眼笑之余,开始在心中无比舒坦地推敲:"彩云、飞上了、日边霞,该是'日边霞'好呢,还是'日间霞'好呢?"

心中问着自己,陈林自然而然地便抬头朝东方日出的地方看去。

这一看,却让他大吃一惊!

原来就在校军场东边,本应人畜回避的原野上,却从日霞光影里缓缓走出一人一马。饶是红霞掩映,那白马依然飒然如雪,马上端坐之人虽然年纪不大,却一脸勃勃英气,浑身上下白衣胜雪。

日出东方,霞光万道,突如其来的一人一马衬着丽日瑞霞缓缓浮出,无论是坐骑还是人物都仿佛不似人间所有。与身边的喧闹相比,那人马缓辔向前,从容静穆得有些飘浮游离,以至于陈林抬眼看到时,直愣了半天才恍然清醒。

待事后想起,他逢人就说,当时好似只因自己抬头一望,如梦似幻的神人白马才应声出现！因为这个言论，他倒确实被朝廷赏了许多银子。

这时，除了陈林，也有其他许多兵卒看见了这一人一马。当即，他们便停了手中操练，一起朝东方旷野观望。因为是逆光，又离得很远，刚开始时众人其实并没看得十分清楚，直等到那一人一骑又行得近些，才从遍体生辉的日光霞影中看到白马座鞍后边，鸟翅环钩中还固着一杆大旗，旗面湛蓝如海，上绘金黄图案。

等再行得近些，终于能看清来人整个身躯轮廓，众军卒才看清那面猎猎随风的水蓝色大旗中央绘着一只翩翩起舞的金色朱雀，晨风一吹，旗上修长的金雀羽翼张扬，傲然睥睨，好像随时要从旗面中飞下。

现时这些虎贲军卒自然不知，神幻飒然的水蓝玄鸟金旗，曾是罗浮山上清宫千鸟崖四海堂的旗号。

相对这玄鸟图案，此时日光影中的旗号最引人注目的，还是那一行大字。霞光笼定的水蓝大旗上，从右到左书写着四个金色大字：四海伐逆。

这四字笔锋奇绝雄逸，光看字，便让人凛然生出几分寒意。

正当众人端看战旗图文时，来客忽然停住。

大概隔着二里多的距离，东方旷野上孤身一人的骑士忽然说话了："各位军爷，不知在下能否求诸位一事？"

面对来人不知不觉中便提心吊胆呆呆观看的虎贲军将，听来人忽然开口说话，口气竟如此客气，不免惊讶愕然。

在他们呆愣时，面目清绝的少年兀自在马上端坐问话："各位军爷，能否请贵军白主帅前来说话？就说水云山庄故人来访。"

说罢，少年还在马上抱拳行礼，拱了拱手。

"我去！"

"我去！"

仿佛袍袖飘飘的道装少年温和的问话中包含着某种魔力,他刚说完,越聚越多的士兵中答应声便响成了一片。当即,便有许多腿快的热心军士拔脚如飞,跑去校军场西北中军大帐中向主帅禀报。

"哦?水云山庄故人?"

听军卒急急禀报,正坐在大帐中央虎皮大椅中的白世俊不免有些狐疑。

"水云山庄……现在还有哪个我认识的故人,敢在白某面前提'水云山庄'这四字?"白世俊满腹疑惑。

容貌依旧天下无双的无双公子,一两年前吃了张小言那场惊吓,便如同惊弓之鸟,早已下令不准任何人在他面前再提"水云山庄"四字。他现在正是气焰熏天之际,听得有自称"水云山庄故人"来访,恼怒之余,心中不免惊疑不安。

这一迟疑,不免出神,面如冠玉的白世俊不觉歪了头,嘴角竟忽然淌出些口水。原来他好不容易治好失心疯之后,还是留了些毛病,现在只要一出神,便会不知不觉流出口水。因为这个原因,他已在公主脱逃事件中,被人误解为贪色误事……

稍一缓过神来,白世俊一擦口水,霍然起身,喝道:"呔!故人来访?本帅倒要看看是谁!"

此后他问清对方只有一人,胆气更豪,抄起旁边那柄丈八大枪,头也不回地大踏步奔出帐去。

第十七章
剑华千弄，战争大笑楚汉

白世俊拖着大枪，来到辕门外，早有侍卫亲兵在那边牵着战马等候。接过亲兵递过的缰绳，白世俊大枪一杵地飞身跃上战马，一抖丝缰，双腿一夹，枣红骏马打了个响鼻，稀溜溜一声欢叫，飞起四蹄朝东边跑去。

等白世俊催开战马，身后那些卫队亲兵也各个跳上自己的坐骑，二三十匹战马齐撒着欢跟着白世俊一路朝东边飞跑下去。

他们正放马狂奔的京师皇家校军场，占地十分广大，方圆有二十多里。和别处校军场略有不同，京师这处校军场并未特意平整土地。放眼望去，校军场中不仅有不少地方矮丘连绵、丛林密布，甚至在东北偏北的方向还高耸着七八座土山。

这些京城的将领相信，只有在这样地貌多变的校军场中操练，将士们才能更适应将来有可能发生的实战。

正因为占地广大，白世俊这一趟花了一刻多工夫。等一路狂奔快接近校军场东边缘时，养尊处优惯了的世家子弟直被颠得头晕眼花，几乎中暑。

等望望差不多快到地界时，白世俊便先停下来，取过马鞍桥上的水囊，仰面咕咚咚灌下好大一口冰糖水，又喘了半天粗气，这才略微定下神，放缓了丝缰,威严了颜面,由着坐骑迎着日头慢慢行去。

这时,校军场那些起初在看热闹的军卒早已分到两边,排着整齐的队列迎接。

其实这时白世俊还没怎么把来人放在心上。现在他的心思,一大半倒在两边列队迎接他的军卒身上。虽然端着架子,目不斜视,但文职出身从无军功的白世俊行进时,却偷偷用眼角余光打量那些挺胸叠肚的军卒,当察觉出他们个个都表情严肃,神情真正恭敬时,他才在心中叹了口气,满足地想道:"唔……不错,大丈夫当如是也!"

这么想着,白世俊策马越过队伍,行到众人前面。此时他其实已直面张小言。

"会是谁啊?"端坐在马鞍桥上,白世俊手搭凉棚,仔细辨认那个遍体霞光日华耀眼的来人是谁。

白世俊赶到的时候,太阳已在东方升起一竿多高。日头的光芒,也从开始时柔和的朱红变得明亮,明晃晃地有些刺眼。这时再加上漫天都是阵列如鳞的金红流霞,白世俊一时眼花,竟没认出张小言来。

白世俊正茫然,忽听对面那人已经开口:"白世俊——别来无恙?"

"咄!"正看得眼睛发疼,白世俊一听来人这话,顿时勃然大怒,厉声叫道,"大胆! 你是何方狂徒? 竟敢直呼本帅姓名!"

"哈……"

看着眼前咋咋呼呼、虚张声势的白世俊,小言忽然觉得有些可笑。他现在有些不能理解,就是这样一个金玉其外、败絮其中的世家子,当年初遇时,自己竟然好生钦佩他的气质风度。

回想前尘种种,小言心里觉着有些沧桑,便说道:"白世俊,你是贵人多忘事吗? 在下上清宫修行弟子张小言是也!"

"谁?

"张……小言?!"

"哇咧!"

刚一反应过来,白世俊霎时吓得差点没从马上滑溜下去!

"你、你……"

白世俊的第一反应,便是赶紧拨马奔逃,不过才一转脸,心中稍一转念,却忽然想到自己现在是三军统帅,就这样抱头鼠窜十分不妥。反正现在自己身后有千军万马,谅张小言再是本领高强,一时也应该不能拿自己怎样。

想至此处,白世俊强自镇定,压抑住内心翻江倒海般的恐惧,冲对面勉强说道:"张小言……原来是张兄!"

白世俊努力挤出一点笑容,却比哭还难看:"张兄啊,好久不见……一向可还好? 此番莅临敝地,不如由我做东,好好款待兄台一番如何?"

可笑白世俊,本来仗着胆子想说点狠话,可话到了嘴边却变成了这样。说话时,牙齿还不停地嘚嘚嘚上下打架。

"哈!"

虽然隔着一段距离,但白世俊这神态小言看得一清二楚。到这时,他也不准备多废话,当即便提高了声音回答:"白世俊,不必客套。我此番来意,你会不知道?"

"这……本帅委实不知……"白世俊十分郁闷,他这回真想说狠话恐吓一番,可话到嘴边,依旧还是这样!

"哈哈!"对着这假糊涂真虚伪的白世俊,张小言仰天大笑,笑声未歇便大声说道,"白世俊,今日来我先告知阁下一事,昨日我千里迢迢赶到江夏郡,在旷野深山中持剑卫道,格毙了上千贼兵。"

"哦?"白世俊一脸迷惑,此时他是真糊涂。

只听小言继续说道:"白世俊,我看他们旗号,叫'飞彪',不知阁下知否?"

"哎呀!"一听义父府中精兵竟已全军覆没,白世俊在马上晃了两晃,差点没背过气去。

说来也怪,不知是否当年恐惧深种,他第一反应竟丝毫不怀疑小言说假话。定了定神,他才有些反应过来。

"张小言,你胡说!"忽然间,白世俊把心一横,十分硬气地叫道,"你满口胡诌!"

"呃!"见白世俊翻脸比翻书还快,小言一时倒有些诧异。也是因为当时民间对世家门阀十分崇敬,此时他还不能完全明白,像白世俊这种世家子虽然表面光鲜,风度翩翩,但其实是一等一的恶棍;相比民间小盗大贼,他这种贵族子弟才真叫"胆大包天",基本不见棺材不掉泪。若真是几百条人命就能吓坏、几句话就能劝回,他早就从善如流,又何必走到今天?

小言正一时诧异,只听白世俊又恶狠狠骂道:"张小言!你就是狗拿耗子多管闲事!你就一出家人,管什么俗家事、官家事!"

"哈!"

听白世俊像要斗口,小言对此可丝毫不陌生,当即他便哈哈一笑,口若悬河:"谁说我多管闲事?我张小言虽在道山,却是俗家堂主。再说了,谁说官家事我便管不得?白世俊你莫忘了,你家小爷我还是朝廷敕封的中散大夫!"

原来,虽然之前小言曾经请辞,但昨晚小盈告诉他,因为当时朝中大事小情不断,再加上中散大夫这样的散官封号即使请辞也都会慰留,所以现在他其实还是朝廷官员。经历了这么多事情,本来小言对这些已有些不以为然,但现在白世俊死鸭子嘴硬攻讦他多管闲事,小言正好拿来驳他!

话说，两军交锋、以一敌万的关键时刻，本应闲话少说。只是小言艺高人胆大，早已胸有成竹，所以才不慌不忙，虽是万军阵前犹能娓娓而谈、从容反驳。

小言说出这话，见白世俊一时语塞，便微微一笑，然后神情一肃，运了道力，准备向虎贲三军宣言。他清了清嗓子之后，义正辞严的话语便如洪钟响磬般响起，刹那间传过整个京师东郊外伊洛河盆地："三军将士听明：我中散大夫张小言，奉永昌公主凤诏，查昌宜侯并其党羽贼子谋逆篡位，鸩兄弑君，祸乱宫闱，今日特举义旗，肃清妖孽。此番义师，只诛首恶，望从者观明大势，同讨窃国大逆，共立匡扶之勋！"

恢宏的话语，如洪水般漫过林立的幡旗，触目惊心的内情如滚木礌石般撞击着虎贲军将士的心。那些不在东校场附近的军士，乍听到惊心动魄的话语在耳边突然响起，一时全都愕然震惊，不由得停下手中的操练，纷纷扭头转颈寻找话语的来源。

小言正义凛然的宣示余音未歇，马上的白世俊却已暴跳如雷！

"住口！闭嘴！"白世俊扯着脖子声嘶力竭喊道，"妖人！混蛋！一派胡言！我才没有谋逆！你才是乱臣贼子！今日你来了几人？你一个，还是有同党？你一个人就想匡扶社稷？哈哈疯子！哈哈哈哈！"

白世俊气急败坏口不择言，说到最后几乎语无伦次，几近癫狂地笑了几声，便一边慌乱拨马回奔，一边发号施令："骑兵营！骑兵营！轻骑兵营在哪里？！快把那疯子给我踩成烂泥！"

"轰、轰……"

正所谓军令如山，即使胡喊乱叫发出的军令，白世俊刚一叫唤，训练有素、严阵以待的虎贲军轻骑兵营便已催马向前。

"嘚嘚嘚、嘚嘚嘚……"

两千匹战马同时起动狂奔的声音粘连在一起，就如盛夏午后倾盆泻地的暴雨，发出巨大的轰鸣。

六七里地的距离，离东校场边缘最近的轻骑营瞬间发动。两千多匹战马汇成奔腾不息的洪流，洪流中高举的战刀幻成刀丛剑林，反射的日光如同夕阳河流中粼粼灿烂的波光！

"哈……"

凶猛的骑兵突然洪流般席卷而来，洪峰所指之处却平静得如同午后的豆棚瓜架。

面对数里外铺天盖地转瞬便可冲至的兵锋，小言只是缓缓拔出腰间古剑瑶光，动作优雅从容。映照着身后的旭日朝霞，时晦时明的封神剑器此时已如明霞白霜般灿烂。

面对着快速迫近的骑兵洪流，温文出尘的四海堂堂主却手抚着剑刃，忽然曼声吟哦：

> 三尺龙泉万卷书，
> 上天生我意何如？
> 不能治国安天下，
> 枉称男儿大丈夫！

如一道闪电横过长空，气势凛凛的吟哦竟瞬间盖过所有人喊马嘶的喧嚣，无比清晰地传入所有人耳中。

听到振聋发聩的吟哦，虽然没人跟白世俊表示自己害怕，刚逃到安全地带的世家公子却跟周围亲兵疯狂大叫："别怕！别怕！他就是一介书生腐儒！"

谁知，白世俊话音未落之时，战场那边已起了巨大变化。

崩腾不息的骑兵大军刚刚奔驰到一半距离，小言便一声清叱，横剑一挥，一道半月形的剑光如闪电般飞出，刹那间似大鹏张开双翼，在他身前瞬间展开一道四五里地长的灿白月弧，那颜色如一道白电闪过眼前，令人目盲！

只不过眨眼之后，雪亮绵长的剑华月弧便倏然没地，瞬间平静之后，便听得轰隆一声巨响，转眼间小言面前的大地便倏然崩裂，还没等那些军士反应过来，一条十来丈宽的鸿沟巨堑已横亘在眼前！

这一切，犹如变生肘腋，如电光石火般快捷。正加速向前铺卷如风的骑兵洪流中即使不少前锋骑士知道地陷，也一时收势不住，如饺子下锅般纷纷撞入巨大鸿沟中！

人仰马翻之时，本来如暴雨洪水般轰鸣着的蹄音迅速消失，代之以一片哭爹叫娘之声！

“啊呀！”目睹此景，躲在大军背后的白世俊猛吃了一惊，脸色立时变得煞白。

“放箭！放箭！”一声令下，几乎毫无停歇，霎时间上万张强弓硬弩一齐发射，顿时满天箭矢如一团巨大的乌云朝东方疾扑！

“哼。”

见箭如雨下，小言只抬头一望，冷哼一声，眼一横，手一挥，漫天飞箭便突然起火，阴沉的乌云转瞬成了火烧云。只不过眨眼工夫，上万支汹汹而来的利箭便已化为飞灰，风一吹，消失得无影无踪！

……

“虎豹骑！虎豹骑！！”

弓箭手惊呆之时，后续的虎贲重骑兵虎豹骑早已准备好冲锋的阵形，逾三千雄姿勃勃的重骑兵向南北两侧迂回突进,意图绕过刚才小言以剑气造成的鸿沟从两侧冲击!

见如此,小言微微一叹,只拍了拍身前神马骕骦的脖颈。"生河海之滨涯、禀神气之纯化"的骕骦风神马一扬脖,如王者般傲然睥睨了对面同类一眼,然后便忽然仰天发出一声清厉悠长的嘶鸣!

"哙!"

嘶鸣余声未绝,应声而起一声巨响,就好像有千万人突然同时间大喊"哙"!

刹那间正在起动奔驰的三千披甲大宛马同时四足一软,垮倒瘫软在校军场上滚作一团!事出突然,又不知有多少猝不及防的骑士摔伤!

"怎么会这样?!"

见得如此,白世俊正急得没法,却听得对面突然一声断喝。一声如九天鹤唳般的清叱蓦然在浩阔旷野上空烈烈回荡:"白世俊,你拿命来!"

白世俊一听,顿时魂飞魄散!

第十八章
飞仙天外，按剑我本布衣

"白世俊，你拿命来！"一声暴喝，直惊得白世俊抱头鼠窜！

"护驾！护驾！"声嘶力竭的叫喊声中，层层叠叠的军士蜂拥而上，刹那间，先前还十分显眼的白世俊就此消失在人群中。

虽然张小言刚刚已明示他们主帅父子逆行，但大局并未明朗之前，这些国之精锐仍按着军人的本能一丝不苟地执行着命令。

这时张小言已从骕骦马上如大鹏般飞起，袍袖飘风，似一朵白云般飘落在校军场上。

"疾！"

一声道家作法前的大喝，一道灿烂的剑华冲天而起，俄又纷华落下，围住身周。

刹那间，一极化两仪，两仪化四象，四象分八卦，雪光湛然的封神古剑倏然间以一化八，坤、乾、坎、离、震、兑、巽、艮，太阴、太阳、少阴、少阳，四象八卦配合流转，千态万象由中生化，金土镇水木，风火惊电雷，七彩毫光充盈周身，八口光华各异的剑芒在半空滴溜溜旋转，其中又隐有幻象。小言向西行进时，左飞朱雀，右潜玄武，后倚青龙，前驱白虎，四象四灵，千变万化，不

可方物!

"挡我者,死!"威吓声中小言一路前行,凡有刀箭相加者无论远近尽皆踣然晕厥状若濒死。

一时千军动魄,万将自危,如潮水般涌上的大军又如潮水般朝两边分去,张小言一路前行,竟毫无阻滞。

大军分开的前方坦途上,却忽有一人阻拦。

"唔……"面对强敌,来人神态悠然地问道,"汝便是上清宫四海堂堂主?"

"呃……正是!"

忽见有人阻住去路,小言微有些诧异,顺口一答,抬头看看那人,原来是一名老者。只见他拄着黄藤杖,围着青萝裙,骨骼惊奇,鹤发鸡皮,瞧模样不知退龄几何,倒似是神仙人物。

见他挡路,小言眼中不觉神光一闪,须臾便看出来人端倪。当即他微微一笑,收去遍体霓光剑气,微一躬身,禀礼回道:"老人家,在下正是您所说之上清宫堂主。敢问老丈您是?"

"哈……"见后生有礼,来客十分满意,将着颏下花白胡须,呵呵笑道,"年轻人,老叟年高,已忘名姓,你可称吾'无名'。"

无名叟一脸高深莫测,怡然说道:"叟虽无名,却是当今护国圣教净世大教之天雷总护法。你可曾听说净世教威名?"

略停一停,也不等小言回答,无名总护法傲然说道:"吾观汝亦是同道中人,有这份修为,想必也听过无名之名。这样吧,本来老汉面前从无生还之人,不过今日怜你身具妙法,修行不易,若知趣的,便留下剑器,逃生去吧……"

"呃!"听得无名叟之言,小言差点没一口气憋住。

想他自访西昆仑以来，感觉整个人都已焕然一新，浣仙尘而换骨，超天劫以辞凡胎，很久都没有这样哭笑不得的感觉了。

当即他也不以为意，敬对方年高，依旧彬彬有礼说道："老人家，此番我来，只为匡复国家，复归天命。此乃顺天应时之举，老人家您又何必违逆？"

"哈哈哈！"

还没等小言一言说完，无名叟蓦地哄然大笑，在一片中气十足的哈哈大笑声中老气横秋地打断小言话头："小后生，不自知！咳咳，罢了罢了，老汉也许久未曾遇得你这样有趣之人。这样吧，不妨老汉便赔上点工夫，让你看看什么才是'天命'！"

"哦？"小言这会儿正是胸有成竹，听老丈如此说，倒想耐着性子看看他到底如何蛊惑迷人。

此时他已打定主意，不妨让无名叟放手表演，到时候再戳穿，也正好破除全城军民的迷信。

这时又听半路杀出的无名叟嘿然说道："小后生，你可敢待老汉半炷香时光？半炷香后，我便请下天神来，到时候请他老人家亲自告诉你什么是'天命'。你敢否？"

话说到这里，本来便奇颜怪貌的出尘老叟，神色中竟隐隐流露出几分阴险。

对他这番心思，小言看在眼里，却假作不知，一时少年心性泛起，反倒更加天真烂漫地说道："好啊！前辈你莫用大言吓我，晚辈不怕！"

"哈，那好啊！"

当即，无名老叟便召来一帮徒子徒孙，身披五彩衣，手执桃木剑，开始在校军场中央吟唱舞蹈作起法来！

无名叟作法时，小言只在一旁袖手闲观，周遭那些本应虎视眈眈的虎贲将士,也一个个如泥雕木塑般陪着小言呆呆观看,丝毫不敢有什么异动。

于是,伊洛河原平野上,便出现了这样的奇景:千军万马齐喑,只留得中央一个老头在那儿唠唠叨叨吟吟唱唱,所有扛刀弄枪的铁甲士兵,个个痴痴傻傻,瞪瞪呆呆,仿佛事不关己,看戏一样。偌大的伊洛河原校军场,一时成了一处巨大的水火道场……

“么嘛哩嘛哩哄……”

在听似乡间僧道扶乩作法时的寻常吟唱声中,忽然天宇之上起了些变化……原本满天鳞片一样的云朵,不知不觉已向中央悄悄聚拢,等半炷香快燃尽时,已是满天澄碧,只留天顶中央一团巨大的云朵蒸腾延展。巨云之中,红光隐现,似雾非霞,出奇地鲜丽明亮。

当这团人间天宇少见的祥云聚现时,踽步作法的无名老叟面色变得更加虔诚庄重。别人看得只想打哈欠时,他竟突然咬破舌尖,扑一条血箭从口中疾速喷出,霎时全染在桃木剑上!

“有请世尊!”

血箭飙出,无名叟立时聚起全身力气大吼一声,然后整个人忽然力竭,就如虚脱了一样,脸色苍白,几乎站都站不住。

身子晃了几晃,勉强稳住,无名叟这才转过脸来,强打着精神跟小言说道:“小子看好,上神即将现身……”

原来,无名叟这招叫“天雷大召”之法,乃他原先教门中的不世绝学。据说,这是从几片辗转得来的上古竹片上习得,数百年之间几乎无人用过。

据说天雷大召之法能召唤天神,也正因如此,算是逆天忤神之道。若擅自使出来,施法之人必将大伤元气,严重的还会损毁灵根。今日无名叟拼力施出,实在是他人老成精,之前见过小言深不可测的法力之后,虽然表面倨傲,实则内心里亦暗暗心惊。

他很清楚，如果今日他不拼出自己这净世教第一高手的全部实力，奋力将小言杀死，则他身后看似巍巍高耸的皇城中，便再无人能将其挡住。

天幸的是，虽然事情紧急，眼前小后生也不知得了什么奇遇竟法力惊人，但对敌的经验终究不足。无名叟到现在还想不通，以这人这样的修为，如此紧要关头，竟还敢任由自己施出费时甚长的终极法咒！

"嘿嘿……"到这时，一身法术出神入化的无名叟知大局已定，心中不免得意，"嘿，恐怕今后这国师的称号，非我无名莫属！"

表面傲慢、内心深沉的无名叟打着如意算盘的时候，天上那位应召的大神终于现出了真身。刹那间只见漫天流碧，那朵阔大的瑞红祥云中忽喷出金花万朵，流金迸玉，跳跃喷薄，只映得天上地下俱是金光闪闪，如同覆上一层金片。

当天上绚烂金花最盛之时，那朵绝无仅有的金红大云中突然现出尊神一座，身长过丈，端严妙相，披发皂袍垂覆，玉带大袖金甲，腕剑跣足，顶有圆光，脚踩祥云，结带飞绕，神奇幻妙不可尽述！

"谁人召吾？"

神人现身之时，碧天之下大地之上的洛阳百姓军民一下子全都呆住，各个看了看天，然后扑通通一个个拜倒如滚地葫芦，再也不敢抬头亵觑神容。

"哈，小子，你看如何？本护法既能召来天神，你若识相，还不留下宝器快快逃命去！"

也不知是否受到神人感应，原本准备请来天神将小言打入无间地狱的净世教大护法，竟忽然心生善念，改变了原来的主意。

只是……

"咦？你怎么……"

比大多数人迟了半拍，不过也正在倒身下拜的无名老叟，却忽然发现旁边少年竟无动于衷,细一打量,他不仅无动于衷,表情还变得十分怪异。这大神降临之时,少年竟然忍俊不禁,竟好像刚听了个天大的笑话,一个忍不住便要笑出声来!

"难道……吓傻了?"

无名叟兀自懵懂相猜,却忽听那天上的大神又是一句神谕:"哎呀!原来是你?"

本来威严凛然的天上大神竟忽然换了语气:"原来、原来是少神君相召!末将来迟,万望恕罪!万望恕罪!"

"……"听得大神这话,净世教大护法还是有些稀里糊涂。他一时没反应过来,心里还在想:"少神君?大神说我是'少神君'?我什么时候成少神君了……"

正丈二和尚摸不着头脑之时,乘云而来的天上大神已倏然降下。落地之时,本来威武雄奇的丈二法身蓦地缩成和寻常人一样。

"少神君,请恕莱公来迟!"

已谦恭了语气的莱公神将,没理仍自糊里糊涂的净世教徒,却亦步亦趋来到小言面前。

原来净世教大护法施出上古秘笈召来的大神,正是小言的旧相识,不久前南海大战中被分配随小言作战的四湖主之一巴陵湖神莱公!

到了这时,虽然仍不明就里,但任谁都看得出来,原来宝相庄严的金甲神人竟和这少年是旧相识!看出这一点,当即便把无名叟惊得屁滚尿流!

这真是"作法自毙",被天雷正法召来的巴陵湖主跟小言弄清情势后,当即勃然大怒,也不待小言吩咐,大战后刚蒙龙君赏赐的出云神剑便已夺鞘而出!

带着风雷之音,神华粲然的宝刃只在无名叟头顶悠然旋舞一周,存心害人的净世教大护法便已人头落地。

待巴陵湖神杀了邪教法师，小言便好言发放他回去。此后，再无一人能挡住他的去路。

跨过邪教法师尸首，从乱作一团的大军中找到正如无头苍蝇般乱窜的白小侯爷，小言喝退白世俊身边那些护卫兵将，冲过去如苍鹰搏兔般将坏事做尽的世家子从马上拽下，砰的一声一把掼于地上！

这时白世俊虽跌于尘土之中，自知大势已去，却仍忍不住满口恶毒地辱骂诅咒。他诅咒老天，他咒骂时势，他蔑视羞辱远近的仇人，尤其身前出身卑贱的乡野村夫。

总之他咒骂和他作对的一切一切！穷途末路，煊赫一时的贵公子华美外表下深藏的丑恶与狠毒，在野草尘埃中如洪水般宣泄而出！

白世俊骂不绝口之时，望着鼻青脸肿、死不悔改的贵族公子，小言本不想和他计较。此番为大义而来，无须和眼前戕害皇室的卑鄙小人做什么口舌之争。只不过，听他骂得越来越不堪，越来越恶毒，满口都不离那一句"猪狗不如的蠢贱村夫"，小言终于忍无可忍。

他强压了怒火，俯下身，望着门阀高贵的子弟，带着些怜悯地叹了一声，跟白世俊说了一句肺腑之言："是，我出身卑贱，我门第低微，可这并不妨碍我高贵地俯视人间！"

铿锵说罢，张小言长剑一挥，白世俊一声大叫，就此气绝。

第十九章
山川献雪,云开旭日华鲜

首恶伏诛,千军震栗。张堂主趁热打铁,一声呼啸,骕骦白马自远山而来,不知何时背上已驮着一位羽裳少女。

万道明光霞影里,名动天下的倾城公主雍容而至。

其服炫,金钩裙,翡翠褶,琅玕钗,凤凰簪,珠绥帔,玉指环,璜鸣玲珑脆,带沐烟雪光;其容烨,靥似白云怀雪,眸如恒月沐波,肤若酥凝脂结,颈如莲梗雪素,回眸时飘烟抱月,抬手处轻飙卷雪,正是"降神女之徜徉,拂仙衣之容曳"!

依事先商议,容姿倾绝天下的永昌公主此来并无一言。

隐在骕骦马雪鬃毛色散发的柔白光辉中,她于万军之中款款行到小言近前,只粉颈微垂,对着马前的中散大夫优雅行礼,锐身自任的张小言便运力大喝一声:"倾城公主在此!谁敢作乱?!"

一声大喝,诸军辟易。

曾以神法威吓军卒的四海堂堂主蓦然发现,原来小盈"倾城公主"的名头比他的武力还管用。"倾城"名号一经喝出,偌大练兵场上浩荡的兵甲军阵纷纷下跪,人人顶礼膜拜,霎时间鸦雀无声。

见如此，小言心中大定，当即运功大喝，声震四野，说道："诸位，首恶已诛，余者不论。若改过自新愿随公主者，则算从龙平叛有功，今后裂土分茅之日可期，封妻荫子之时不远！"

说罢，他一挥袖，顿时数里外剑光割裂的鸿沟大壑忽自沟底向上隆起，转眼间那些沟底的伤卒病驹便冉冉升回地面。

其后小言额手并指，便有柔淡白光自天漫下，如潮水般扫过整个校军场。白光过处，呻吟不止的伤兵败卒，无论轻骑重骑，立时不药而愈，只觉浑身疼痛俱消，仿佛从未吃过苦。

小言显过如此手段，又有芳名高震的倾城公主镇场，五万虎贲精锐自然个个信服。说起来，虽然虎贲军一直由昌宜侯把持操控，但无论如何平日教训操练时反意也不敢太过流露。于是，大义当前，有人振臂一呼，点明昌宜侯谋朝篡位的种种恶行，又有"神人"、公主现身说法后，这些曾经对昌宜侯忠心耿耿的虎贲将士，便顿时弃暗投明了。

此后小言和小盈又接洽了几位虎贲军高级将佐，略一商议，大家都唯小言马首是瞻。于是数万大军紧急集结，陈兵于洛阳东城下，之后小言一人越众而出，从容步行到巍峨矗立的洛阳东门下，隔着护城河，对着这座天下第一的名城悠然说了一句："开门！"

小言让开门时，眼前这座皇京锁钥重地的京洛东门，早已吊桥高起，城门紧闭。不知是否察觉到城郊外刚才那番变故，现在高耸的城楼箭堞上甚至连一个人影都没有。当小言气势万千地说出这句简单明了的话语时，偌大的洛东城楼上，只听得见一面面大旗随风飘卷，哗哗回响。

又等了一阵，就在城外三军等得有些不耐烦时，忽然城楼上出现了一人。从他在箭堞旁小心露出的小半个身子的打扮看，这人像是个宫中的黄门令。

这下，城池下万千摩拳擦掌的虎贲将士不免稍有泄气。

正气恼交加时，却听黄门令尖着嗓子叫道："中散大夫张小言听旨——"

虽然对着东边，逆风，黄门令倒生着一副好嗓子，尖锐的声音不屈不挠地传来，只听他说的是："辅政王昌宜侯有令，察岭南中散大夫张小言，自幼聪睿敏捷，勇略过人，可以托付社稷。经朝辅商议，特加封张小言为勇毅侯，领天下兵马都招讨大元帅之职。钦此！"

"哈?!"

听得如此厚颜无耻的应急诏文，顿时三军鼎沸，人人鄙夷。一片喧哗声中，却听一枝独秀立于前头的中散大夫忽然朗声应道："臣领旨！"

"呃！"

此言一出，众皆愕然。

还没等大家缓过神来，便听刚刚应了伪诏的少年凛凛喝道："京畿东城将士听好！某张小言，便以天下兵马大元帅之名，令尔等立即开门落桥，放本帅新招义师入城！"

"……"

听得此言，只因不明小言素来秉性，浩浩洛阳城，无论城上城下，顿时一片静寂。

于是呼啸风声中，人人尴尬，个个垂汗，只觉神异少年也不知什么来历，种种言行表现真是旷古绝今。

此时众人中，只有被拥在中军、岸然睥睨四方的倾城公主，听了小言这话语，心领神会，竟有些忍俊不禁，在心中叹道："小言这人，唉！还是像当年那般没有正形！"

再说城上。这时正风云变幻，种种变故令人目不暇接。城上那个黄门令听得小言答话，正满头黄豆大汗，脸色渐与猪肝同色之时，却冷不防突觉胸口一痛，低头一瞧，只见一截明晃晃的宝剑尖从前心穿出！

"谁——"

忍着剧痛回头观看，一言还未说罢，便被身后之人一脚踢翻，咕咚一下尸身栽倒于地。

"谁？这不开眼的小逆贼，杀你的正是你家张大爷！"

杀死黄门令之人对着地上的死尸扬扬得意地嚷了几句，便奔到箭垛旁，抚着青砖大垛朝城下大叫道："张天师，张大帅！是我，投降来了，别拿神法打我！"

就如皮影戏走马观花一般，那城下众人刚见城头黄门令红脸消失，箭堞旁眨眼便换上了一张长满络腮胡的粗豪大脸，朝着这边扯着破锣般的大嗓喊道："张大帅，公主殿下，各位友军，我就是东门城守张锦成。愿听公主、大帅号令，这便恭迎皇师入城！"

话音刚落，张将军脚底下那扇巨大而结实的城门，便如变戏法般朝两边隆隆打开，转眼上边的吊桥也吱呀呀放下。顷刻间，巍巍的皇城就此敞开在千万大军面前，站在前排有眼尖的军士，甚至能瞧见远处鳞次栉比的青瓦房屋。

"很好！"

见生此变，小言眼中光华一闪，已看清洞开城门后的情势，知道阵列如林的守城兵是真心诚服，并非作伪。

得知此情，小言仰脸一拱手，跟十分识时务的同宗将军笑道："张将军义举，小弟十分感佩。此番事毕，当请公主记汝首功！"

说罢，手一挥，千军万马便从小言身后蜂拥而过，气势汹汹地闯进天下第一城中！

至此，号称天下第一城关的洛阳城楼，无论是错综复杂的机关暗道，还是堆积如山的滚木礌石，竟一个都没用上，便已被人轻松攻破。

从这点看，复国统、灭枭臣的讨伐之举正是大势所趋。之后，摧枯拉朽一般，从东城门起，虎贲、城守将士一路前驱，势不可当，兵锋指处，黎民百姓小商摊贩均作鸟兽散，各去家中避祸。直攻到中城皇宫前，数万大军井然有序，毫无误伤。

大军压境，满城震眩，直到皇宫附近的朱雀大街，都没遇到什么正规军队前来阻拦。一路上，倒是有百来号净世教徒，头扎着红巾，胸贴着符箓，咋咋呼呼地舞着大刀片子想来阻拦，结果才一交战，便被憋足了劲儿的虎贲军士杀得屁滚尿流，死的死、伤的伤，几乎没有一个逃生。

这其中，还真有几个会法术的，也呼风唤雨，撒豆成兵，结果被张堂主作法一弄，生了点小火一烧，那些气势唬人的"天兵天马"瞬时变成喷香的爆豆，倒便宜了今后几天在街边勤奋觅食的京城贪嘴小童。

这些琐碎战事都不必细表，此番入城，真正的抵抗来自帝阙皇宫。相比坚楼深壑的外城，皇宫内苑的防务毫不逊色。

这个朝代的洛阳皇宫，分南北二宫，隔街相对。以南宫为正宫，主门为公车、苍龙阙和玄武三门。这三门又以苍龙阙门为中心，呈东西轴对称，三门之中苍龙阙门又为正宫正主门。以苍龙阙为首的皇宫门阙，尽皆厚重巨大，守卫森严。特别经过昌宜侯这两月多的经营，更是每处门外有暗寨、门内有兵房，进可攻，退可守。

除了这些易守难攻的皇宫门垒之外，占地广大的南北皇城又有八处宫隅。宫隅乃是宫墙四角增高之处，因为宫墙四角最易为人隐僻攻占，因此作为外敌入侵时王朝的最后一个堡垒屏障，宫墙四角上都加高了墙障。原本宫墙高五丈，宫隅便高出两丈，为七丈。如此尺寸，可想而知，皇宫就和一座

牢不可破的要塞一样。

正因如此，当小言和小盈引领的讨伐大军来到正宫东门苍龙阙门之外，才从大街四角靠近，便忽听宫内鼓声大噪，人声鼎沸。等这边稍一靠近，便有无数的强弩箭雨飞蝗般袭来，其中还夹杂着不少运用精妙的飞剑光辉。显然，现在宫中不仅有数目不少的军队死守，还有些修道高人相助。

虽然在小言护卫下，刚才冲在前面的军卒毫发无伤，但接下来，摆明了便是一场鱼死网破的局面！那些龟缩在宫内的军卒个个都是昌宜侯的死士，根本不听小言和小盈任何劝降。

这般情势下，便有些两难。如果战场摆在别处，面对这些顽固的死士，数量占优、训练精良的虎贲将士有无数的办法将他们消灭。但现在摆明是"投鼠忌器"之局，他们对面敌人所在阵地是美轮美奂的皇宫。

若在寻常时日，甭说矢石相加，就是不小心损毁一件皇家器物，往大里说也能算成欺君之罪，说不定便要被流放充军！

即使现在可以不顾这些规条，但皇城宫殿毕竟是天下威权的象征、百姓军民心目中的圣殿，一向都要保持雍容祥和之气。现在转眼便要将其变成血肉横飞的杀场，无论如何也说不过去。

因此，本来势如破竹的讨伐大军，到此便一时止步。数目庞大的军阵马队被压缩在皇宫四外的街道中，几乎没什么用武之地。

在这样的困局面前，很自然，众人的目光又集中到了好似无所不能的小言身上。这时，不仅众将无计，便连外表柔弱、内心决断的倾城公主，面对事关皇室尊严的困局，也患得患失，毫无头绪。不过……

"哈！"

对他们来说天大的事，对现在的小言而言，却只是小事一桩。半年多的南海风波，一周间的昆仑游历，早让他脱胎换骨。虽然小言到现在还常常觉得自己只是个颇有奇遇的好运小厮,实际上却在不知不觉中早已神睿过人,极富胆识。

因此,面对这般尴尬局势,小言看到众人为难之处,不过神念稍转,便立即有了主意。当即,他便跟娥眉紧皱的小盈说道:"公主殿下,不必发愁,我已想出一法。"

"哦? 小言快讲!"

"嗯! 小盈你看,不是用心阴毒的昌宜侯爷欺君弑上、鸠占鹊巢吗? 那我今日便要他和他的党羽俱戴缟素,让他们为自己的恶行戴孝偿罪!"

"……"

听得小言之言,饶是小盈聪慧,却也一时没想出小言这话和如何解决宫内顽敌有什么关联。

不过,当一头雾水的小盈看到小言接下来的举动,便和周遭将士一样,忽对他的对策有了些了解。在她和附近将士注目中,小言凝神作法。和世间寻常法师不同,几乎没什么停滞,他便大喝一声:"起!"

喝声落定,一道雪亮的剑光霎时从他背后冲天而起。

白瀑匹练一般的剑光蹿入云空,如一道刻痕剜在浩荡云空里。此后天上白云渐多,不久整个天空都被厚重的云团淹没。

乱云飞来,日光逝去,苍穹中只留下那道璀璨闪耀如银河一般的剑痕。

剑痕耀映,洁白无瑕的云朵渐渐变色,由亮而白,由白而灰,又由灰变铅,渐渐转成沉重的铁色。

这时温暖浩荡的东风也忽然转了方向,竟蓦然从西北吹来,狂飙般在皇宫上空奔腾跌宕,野兽一般嚎啸怒吼,几乎让人只听声音就如堕冰窖,血液凝固!

凄厉的北风如猛兽般嚎啸而过,天空阴沉的云阵也仿佛睁开别样的眼睛,忽然间飞雪乍起,无数枚铜钱大的雪片自云中飘落,被猛烈的罡风裹挟,如沉重暴雨般疾速落下,又如长了眼睛,全部堕到皇宫之中!

这些与往日飘逸身姿迥异的冷雪,带着某种难名的肃杀之意,和寒冷激烈的北风搅在一起,片片如同冰刀霜剑。

漫空的大雪从天而降,源源不断地落入阴森未知的宫殿中。随着大雪纷落,皇宫中沸反盈天的喊杀叫骂声逐渐减弱,到最后变得如死一般沉寂。

当皇宫里最后一声呼号袅袅消散,咆哮怒吼的北风也忽然停住,天地间只剩下洁白的雪花依旧飘落,悠悠覆盖在那一片早已白茫茫的宫室园林之中。

此时三军屏息,天地仿佛完全安静,只听见雪花坠地的窸窸窣窣声。

这样的静谧,已静得有些可怕。

静静旁观的娴雅公主,忽然感觉十分难受,虽然一直安然立于温暖春风之中,却只觉得浑身血液发冷,仿佛有巨石重压,渐渐地几乎喘不过气来。

小盈迟疑半晌,才将心中酝酿已久的话跟小言说出:"小言……"

小盈牙关打着架,瑟缩着双肩,颤抖着问道:"这雪……嗝嗝……能不能、不下了?"

"可以啊!"关注着雪势的小言听得小盈之言,灿然一笑,欣然应允。

"谢谢! 呼……"

不知何故,听得小言答言,小盈竟如释重负,长长地舒了一口气。

此后,漫天的飞雪果然渐渐改了当初铺天盖地的势头,越下越稀疏。当最后几片雪花洒落宫室中时,满天的阴云亦散去。灿烂的阳光当头直照,将远处玉阙琼宫微露的挑檐屋脊,照得如同能自己发光的神异琉璃。

"嘻……"

见到自己的杰作终于完成,小言长出了一口气。他偶一转脸,忽然看见小盈望向宫门方向的神色有些哀伤,他便忽然想起一事。

于是小言便有些怪自己粗心,为什么没事先把落雪之法的妙处跟善良的公主说明,却害得悲天悯人的女孩白白担了这份心……

第二十章
帝苑春晓，流连野水之烟

京城暮春四月中降下的这场大雪，将皇宫内院繁丽楼台装点成了冰雪世界。

当人们打开冰封的宫门进入皇宫内苑时，惊奇地发现，就在这样的冰天雪地中，居然许多人都活着！

在这些亲眼目睹刚才风雪异状的士兵心里，虽然那场飞雪自己平生仅见，不知到底有何威力，但根据他们久经杀阵养成的惊人直觉猜测，皇宫中那些乱臣贼子恐怕早已全军覆没。所以，当他们真正攻入皇宫之后，看到居然还有那么多幸存者，自是十分惊异。

这内中原因，只有小言自己知道。

刚才他降下的这场大雪，其实狠厉萧瑟只是外相，根底还是道家的宽和法术。漫天而下的冰雪，杀伤力只和受术者身上的戾气相关。笼罩雪中之人，无论法力高低修为多少，内心越是凶狠狡厉，受到的伤害便越大。

因此，这样施法下，据后来检视，昌宜侯和他的亲信党羽都已被冻死。还有许多五行火气十足的助逆"高人"，也毫无例外地在路边倒毙。在所有被这场大雪冻死的叛逆者中，竟还有一个小言的故人！

当大事已定,小言和小盈带着精锐军士匆匆向皇宫正殿太极殿赶。正要进入殿内,小言却在殿外左边那只镇殿石像獬豸身上,看到一个独臂持剑的道人正俯身趴在上面。为虎作伥的昌宜侯帮手中自然不乏道门败类,小言此刻看得清楚,在殿门左首石獬豸上倒毙的道士,竟穿着上清宫特有的白底青边道袍!

"会是谁?!"在此地见到同门,小言自然十分惊奇。

他十分清楚,无论是前掌门灵虚真人还是现任掌门清河道人,都是外柔内刚的高人。相对天下那些所谓的"异士高人",哪怕是上清宫门中道法最低微的弟子,经过一番教化,走出去也都是道德高深、贤明处事之辈。昌宜侯如此大逆不道,怎会有上清宫弟子鬼迷心窍相助?

心中这般疑问,小言便过去翻开道人身子,好奇地想看看到底是谁,这一看却发现,原来这位梳髻独臂的道人,正是自己的熟人赵无尘!

虽然他现在被冻得脸色铁青,还有不少紫斑,但小言一眼便看出来,这就是那个当年趁自己不在千鸟崖便来要挟雪宜的卑劣同门!

"唉!"

小言拿手指在鼻前一试,发现赵无尘早已气绝。看着赵无尘狼狈的死相,小言有些感慨。名门正派弟子,若是行得端走得正,如何会有今天的结局? 有句话叫"有情皆孽,凡因必果",上半句对错尚且不知,但这"凡因必果",确有十分道理。

而人又说"报应不爽",本来以为赵无尘音信全无,远遁他方,今后再也打不着交道,谁知到最后还是死在了自己手里……

稍稍感慨几句,小言又看了赵无尘几眼,瞧着他现在这狼狈模样,再记起往日初见时洒脱飞扬的风采,不免有些黯然。于是不再多瞧,只挥了挥手,让那些正在搬死扶伤的军士过来将他抬出,优先安葬。

等小言安排好赵无尘遗体,到了太极殿中,看见殿中情形,便有些意外。满地白雪光辉映照下,小言看得分明,那位据说一向以武功自诩的昌宜侯,在这样的节骨眼儿上竟穿着文服。

此刻他正瘫靠在高高的玉石龙椅上,穿一身华丽的冕服,头上的冕冠垂着九绺彩旒,旒末都缀着华玉,在满殿的雪光映照下如月洁明。

"哼!"见着生死仇人,连小盈这样礼仪优雅的女孩都忍不住冷哼一声,娇声叱骂,"好个乱臣贼子!死到临头,却还想着过皇帝瘾!"

原来虽然别人茫然,熟悉皇室典仪的小盈却一看昌宜侯的装束便知道,此时他身着的冕服正是皇帝登基的衣着。

衮冕上衣上绘着火、山、龙、宗彝、华虫五章花纹,下裳上绣着藻、粉米、黼、黻四色花纹,正是天子登基用的礼服,九旒冠冕则画着朱绿藻纹,用彩绳穿起九旒,每条旒末缀着玉珥九颗,也正是天子登基用的冠冕。

小言等人攻入太极殿时,殿中还有几个未死的臣子。其中有一个叫常歆的太史令忙不迭地招认,说昌宜逆侯听得城外事变,反声浩大,便急得如热锅上的蚂蚁。

虽然因为政变得手,几月来春风得意的昌宜侯当年的智勇果决已有些磨灭,但他出众的惊人判断力丝毫没减退。常太史便看出,听得城外探马跟他叙及种种细节时,一贯胜券在握的昌宜侯,已有了些不妙的预感。当各样垂死挣扎的抵抗命令发布出去后,做了半生皇帝梦的侯爷便心急火燎地在这太极殿中举行了登基仪式。

梦寐以求的登基典礼进行得简陋仓促,以至于宫外越迫越近的喊杀声掩盖了殿前震天响的响鞭花炮,虽然大雪还未飞至,昌宜侯临时任命的大理寺卿的唱礼声却越来越颤抖,声音越来越小。

当然,对昌宜侯而言,这一切都不重要,对他来说最重要的是,只要宫中的部属拼死抵挡一时,缓过一时半刻,让他将典礼完成,然后由太史令将登基大礼过程完整记下,他便大业功成,达成夙愿,从此也能留名青史,跻身帝王之流。

只是,很不幸,昌宜侯以前很多的愿望都达成了,偏偏这回这最大的愿望并没能完成。

寒酸的仪式刚刚进行到一半,鳞次栉比的皇宫上空便风云突变,仿佛冰雪神灵翩然而至,倏然间千万朵寒气四射的大雪便纷然泼落。执笔常太史手指关节冻僵之前,皇帝宝座上的昌宜侯爷便已呼吸凝滞了……

大逆剿除,万众欢腾。接下来的日子里,作为京城中唯一存留的皇室正统血脉,小盈变得十分忙碌。

皇宫中大战遗迹稍稍清除,帝女永昌公主便在一众忠实老臣辅佐下,在皇城中天子明堂里发号施令,廓清朝政,正本清源。

当然,作为这次平叛的最大功臣以及公主殿下的好友,处理这些政事时小言全程陪同。必要时,小言还弄些小法术,帮自己的好朋友震慑朝中那些桀骜不驯的要员,让他们不敢对柔弱的公主有任何反意。

几天陪伴下来,见识过许多皇家事宜之后,小言这位别人眼中十分令人景仰的上清宫高人,内心只觉得真是大开眼界!第一次深入皇宫帝苑,出身山野的中散大夫、四海堂堂主便发现,原来皇家恢宏壮丽的气派,比自己想象的更加繁复十倍!

比如,头几天他常待的天子明堂,正是高瓴大厦,环水四面;其形上圆下方,有八窗,四达,九室,十二座,三十六户,七十二牖。问过了礼部官员之后才知,原来这些形状数目都有讲究:四面环水,喻天子富有四海;上圆喻天,下方喻地,八窗对八风,四达应四时,九室示九州,十二座应十二月,三十六户对三十六雨,七十二牖对七十二风。种种这般对应山川自然讲究之后,明堂又有别号,叫"万象神宫"!

除去明堂，还有太庙。朝政理清之后，小盈便以皇女身份，统领群臣去太庙祭祀不幸驾薨的父皇与诸位皇兄。因五方中以东方为尊，洛阳天子宗庙就设在皇宫苍龙阙门附近。

祭祀时，先皇用十八太牢，五位皇子各用十二太牢。每一太牢又含一猪、一牛、一羊，算下来，总共便得要二百三十四头牲畜。宰杀时出动了御林军，才在规定的半个时辰内将这些牺牲祭物闹哄哄地宰杀完。

朝政、祭祀都弄好后，作为革旧维新的象征，按照惯例朝廷又得在皇宫太极殿西南坐西朝东的德阳殿中铺排大宴。

和寻常人想象的不同，这样的皇家大宴乃是举国盛事，排场极其靡丽奢华，其繁复程度甚至超过了隆重的太庙祭祀。德阳殿中的大宴仪，由尚宝司准备，金吾营护卫，教坊司设乐，舞杂队排舞，光禄寺备酒，御厨司设膳。如此安排之后，德阳殿中便有御座，黄麾，二十四金吾卫，乐池，酒亭，膳亭，珍馐美味亭，殿外还有舞池、大乐池。

筵席开始后，公主便盘膝端坐于席北黄麾御座，满朝文武则四品以上殿内入席，五品以下殿外招待。这样的规程中，像小言这个四五品之间的中散大夫，则由小盈特地颁下旨意，着大理寺按规程核准之后，特发首席令牌，如此之后才能在公主旁边设座相待。

到了席中，每位出席大宴的官员身后，又各有三名彩女宫役，职司分别为司壶、尚酒、尚食，负责给朝廷大员上酒上菜。

这样繁缛的大宴之仪，自然无法尽述。只须观其席间一轮轮奏乐，便可见大致端倪。

比如，当居盈公主第一次举杯，除小言之外全体跪拜，此时教坊司跪奏"炎精之曲"，以视礼敬。第二轮敬酒时，则奏"皇风之曲"，与此同时，当小盈示意群臣饮杯中之酒时，则殿外舞队起舞，这轮乃是数十壮士精赤着上身，操黑漆木刀,呼喝跳跃"平定天下之舞"。

此后大体类同,第三轮奏"眷皇明之曲",跳"抚安四夷之舞";第四轮奏"天道传之曲",跳"车书会同之舞";第五轮奏"振皇纲之曲",跳"百戏承应之舞";第六轮奏"金陵之曲",跳"八蛮献宝之舞";第七轮奏"长杨之曲",跳"采莲队子之舞";第八轮奏"芳醴之曲",跳"鱼跃于渊之舞";第九轮则只奏"驾六龙之曲"。

所有这些,还都只是正餐前的举杯敬酒,便折腾了九回。望眼欲穿,始终都没等到正宴开始,缺少磨炼的四海堂堂主已累得浑身是汗,眼前金星乱舞。

浑身直出虚汗之际,小言再看身旁的小盈,却见她竟浑若无事。虽然头戴七宝碧瑶重冠、身穿九光丹霞凤凰裳,俏靥娇容上却依旧清凉无汗。

席前丝竹乱耳,殿外歌舞劳形之中,她依旧优容文雅,一丝不苟地按照仪程起身举酒,同时竟还能抽出空,不忘时不时跟小言悄悄说几句话。

"唉……"

不管小盈如何游刃有余,看着眼前这种状况,小言却只是哀叹。哀叹之余,不免有些疑惑:"当皇帝……真的好吗? 也不知那昌宜老贼如何想的……"

如此这般,历尽千辛万苦,两个多时辰后终于开始享用正餐。已是满头大汗的四海堂堂主胃口大开,一时也顾不得什么礼仪,善膳官一声"礼毕开筵"的礼唱响起后,便不能自控地开始大吃大嚼起来。

见他这般饥饿,少不得亲切温柔的公主抿嘴偷笑之余,特地颁下一道临时御旨,称时间不早,诸位臣工须在半个时辰内吃饱。听到公主殿下这道谕旨,许多已经饿得头晕眼花的臣子忍不住热泪盈眶,一边大嚼大咽,一边在心中山呼万岁,直道"还是公主英明"!

略去这般琐碎，不知不觉便是十天过去。

到了第十天，皇室正统唯一的男性血脉琅琊王，应公主之召，从封地临淮国紧急赶来。毕竟，国不可一日无君，虽然琅琊王对国事还没有太多了解，但得了姑姑旨意后，二话不说，便在近臣的帮助下，不顾千山万水，褓襁裹着，奶妈抱着，日夜兼程赶到了京师。

自此，两岁大的琅琊小王爷，便在居盈姑姑安排下，正式登基，接续了皇家正统。到这时，为祸两月有余的"昌宜之乱"便正式宣告结束。

大事已毕，小言便要考虑自己的去留了。

京师非他久留之地，他肯定要走。八千里外的罗浮山千鸟崖上，还有位于自己有恩的冰雪梅灵生死未卜，需要自己照顾。虽然确定要走，但小言还在犹疑的是，此番离去，皇宫帝苑中自己的好友小盈是否承受得住。毕竟遭逢巨变，有自己在旁帮衬她还好过一些。京师芸芸众生中，他所挂念之人，也唯小盈一人而已。

对于好友小盈，通过这些天来的朝夕相处，小言忽然发觉，也许自己以前并没有了解她的全部。这些天里，作为帝女，为挽大厦于将倾，小盈背负了太多的沉重。与自己想象不同，在这样的责任重压面前，外表柔弱如兰的娇巧女孩，临事时竟表现出非凡的忍耐力和气度。在朝廷中，她应对有礼，进退有度，处事果决，思路明睿。方经大乱后那般千头万绪、暗流涌动，经她处置消弭后，竟百官得宜、万事得序！

看小盈处事时这样的胸襟气度，小言思忖着，就是换成他自己这个所谓的"大好男儿"，恐怕一时半刻也处理不好。

话说这日清晨，心中再想到这些，正有些纠结，便听到远处又响起熟悉的环佩丁当声，渐渐由远而近。和煦的晨风中，听到这样纯净清灵的声音，小言一笑，心中忽然便有了计较……

第二十一章
燕到春余，幽怀时迷门巷

小言下榻的养真轩，其实就是一处风景优美的园林。这一天晨起，东方晨光微露，清风和煦，绿树楼台间犹飘白雾时，小盈便前来探望。

当时小言正想着心事，听得环佩之声便抬头观看，只见月亮门洞中帝女正款步而来，宫髻高盘，如铺绿云，粉靥妖洁，如浣雪彩，在鹅卵石铺成的小路上微步而来，直恍若画中下凡的仙女。轻裾曳雾，还未等她走近，便闻得沁脾的暗香幽幽传来，如麝如兰。

"小言，起来了？"不等小言开口，小盈便殷勤相问，"你昨夜睡得还好吗？"

"嗯！"见小盈问话，小言笑答道，"睡得还好。不过……就是睡前苦思一事，辗转反侧良久方得入眠。"

"呀？什么事？"听小言这么一说，虽然小盈看他仍一脸笑意，却还是忍不住焦急问道，"是不是有什么难事？我可以帮上什么忙吗？"

"哈，谢谢，也不算什么难事，不过要做起来，确实不易。"只听小言道，"小盈，昨晚睡觉前，我在想这几年来在罗浮山上的修行论道，竟忽然有些通悟。我在想，是不是可以将这些心得写出来，算我这个四海堂堂主上任以来的第一本著作，以后也可以留给堂中弟子翻看！"

"……这是好事啊！"听得小言之言，小盈这才完全放下心来，笑靥如花，带着些欢欣说道，"还以为张大堂主辗转反侧，是为什么难事，原来只是要留大作，好事呀！"

美貌绝伦的倾城公主扮了个十分好看的鬼脸，调皮说道："那敢问张大堂主，此番著书立说，不知小盈这名记名弟子能帮上什么忙？"

这些天来，小盈第一次露出这样调皮的少女神色。

"哈！"见小盈喜笑颜开，小言十分高兴，也放开了心怀，说道，"当然要请你帮忙！"

他拍着胸脯，跟小盈逗趣，装模作样地发着豪言壮语："小盈，你能不能给我安排些笔墨纸砚？本张大堂主从今天起，便要在养真轩中发奋写书了！"

"嘻，这……"听到这个要求，小盈嘻嘻一笑，竟有些迟疑，直等了片刻，她才笑吟吟地说道，"张堂主啊，笔墨纸砚，都是小事，只要我一声令下，俱都现成。"

"啊？那还等什么？公主还不快快颁下搜集笔墨的谕旨？"

看着小言装出的惶急模样，小盈十分开心，道："别急别急，我是在想，你住的养真轩呢，实在狭小，在这样狭小的地方写书，恐怕要逼仄了你的思路。今天天气大好，不如我们去南苑行宫中著书，那边景色怡然，春光如画，一定能让你写出来的心得更精妙！"

"哈，好啊！"小言鼓掌笑道，"那就快去吧，就当春游！"

"嗯！"小盈盈盈而笑，笑靥如花，走上来为他指引前去行宫的道路。和这些天来在朝臣面前的威严形象相比，小盈现在简直判若两人。

以小言现在的脚程，即使带着小盈，南苑行宫也是须臾便至。到了南苑行宫大门，抬头看了看青竹绞成的天然大门上悬挂的匾额，小言才知道小盈口中的南苑行宫原来名唤"景阳"。

景阳行宫坐落在洛阳南郊外，乃是当朝皇家的春夏行宫。景阳宫中，春花夏木数不胜数，每到春季便一齐绽放，将皇宫行苑变成一座巨大的花圃。每到这时，香风浩荡，鸟语花香，景阳宫便成了春日洛阳当之无愧的第一胜景。

小言入得园中，一路行来，只觉得小盈推荐的南苑行宫果然春光浩荡。走入宫中，便似走入一幅画图，到处花团锦簇，春烟迷路，一路行时若不是有小盈提示，他都看不清遮天蔽日的繁花春木中竟还有好多条弯弯曲曲的道路。

从行宫南门到小盈所说的书楼大概还有好几里的距离。见到那片草树烟光笼罩的古朴楼阁之前，一路上他们已走过好几处动人的风物。

只见一片巨大的油菜田横亘在小言眼前。菜花盛开，耀眼的花彩铺天盖地，灿烂耀目。每当春风吹来时高低起伏，便宛如金波荡漾的海洋。这样的油菜地里，又多蜜蜂，嗡嗡声不绝于耳，虽然声音不低，但在这样的春光中，却格外悦耳和谐。

听小盈说，这片占地广大的油菜地，名"黄金海"，平常由彩女宫娥打理，不仅仅可以观赏，到了收成时还可以贴补宫中用度。

一边听着小盈宛如春燕呢喃的娇柔话语，一边在这金色海洋中行走，闻着扑鼻清香，听着莺声燕语，正是春光若酒，如饮醴酿，只此一地，小言便仿佛要醉去。

强自凝神静气，保持清醒，安然走出声色俱佳的春光画图，前面便看到一片石雕的园林。小言看石碑，知道此地叫"石湖"。

这石湖和以前见过的所有富家园林山石不同，湖中没有一块玲珑高耸的假山石。石湖中所有的石岩都呈水漫云状,层层叠叠,匍匐在泥土草皮上,望去确如湖波一样。

此时阳光明亮,那些带有石英成分的石片闪闪发光,在皇家工匠别具匠心的设计下,看似天然却又错落有致的石云石浪,一映阳光,竟发出明亮的光芒,仿如粼粼的水光。在这样的光影错落下,那些云铺浪卷之形的石片一时犹如活了一般,水浪滔天,漫地弥天,倒仿佛要将行走其间的二人吞没一样!

提心吊胆蹚过石湖,便是一片色彩斑斓的花海。平缓的丘陵中,成千上万的花菱草摇曳其间,红、粉、橙、黄、白,五颜六色的花朵迎风绽放,在山坡上绚烂成烂漫的花海。这其中,偶有绿树婆娑,便成了鲜花海洋上突兀的绿洲。

这花菱草海,还有一奇特处。据小盈说,它们花期奇异,每天之中晨时开放,正午最盛,到了黄昏入暮落日西斜时,便敛起花朵,如人作息。如此,到了黄昏之时,敛闭细缩的花朵再也遮不住碧绿的枝叶,花菱草海就会变成青色的天空,上面的花苞如繁星般灿烂,望去十分动人。

过了花菱草海,便是名副其实的一处水海清湖,名"镜湖"。镜湖乃景阳宫水源,波平如镜的镜湖之湄遍植着紫阳花、书带草,将镜湖簇拥得如同一面镶着翠玉花边的明镜,为皇家花苑带来好几分灵气。

绕过镜湖,便发现湖东北引出清泉一渠,曲曲折折,蜿蜿蜒蜒,于一片野花绿茵中向西北漫流,过了一二里地便伸入一片桃花林中。

绕过镜湖,沿着小溪,走在圆润白石铺成的道路上顺流而行,转眼便走入英华缤纷的桃花林。

此时暮春,正值北地洛阳桃花盛开时节。走在林中,头顶粉红的桃花朵朵开放,花枝错落,连漫成云,在头上张成一顶硕大无朋的锦幛花幔。

惜花春起早,弄花香满衣。

徜徉于桃花清溪,五光十色的美景令人目不暇接。有时只顾看四外的草色花光,却忽觉足腕清凉,低头一看,才发觉是溪水偶然漫出青石边沿,流过白石碧草,也漫过自己的脚踝。

此时点点的阳光,从头顶桃花锦幛中漏下,染上花的颜色,映在绵柔如毯的绿草茵上,变得明丽斑斓。桃林中滑软的绿茵,一时仿佛成了世间最好看的锦缎。

清溪流碧,婆娑焕彩,当粉红的花光映着澄碧的溪水,本就绚烂鲜明的花色更镀上一层宝石琉璃的晶光,映入眼帘时,焕发着梦幻的光芒。

到得此处,入眼这样动人的春景,小言便和小盈不约而同地改变了主意。

书文写字,何必囿于一隅? 不妨以天地为庐,桃花为屋。

于是,出了桃花林,他俩便从桃花林北的书楼中取来笔墨纸砚,搬来琴书竹案,在桃花林中清溪之畔寻了一处平坦的草茵,将笔墨几案放下,布置成一个桃花雅座、流水书房。

此后,小言以碧茵为席,以桃花日光为灯,开始在阳春烟景中落笔疾书起来。小盈则铺展开裙裾,安安静静地端看小言伏案成文。

这时宫娥彩女早已屏退,偌大的桃花林中只剩下他俩,不闻笑语喧哗,只听得见春鸟啁啾,流水潺潺……

如是安然著书,不必尽述。若不是提笔成文,小言也不知自己原来也有这份勤奋耐心。一待伏案,他便落笔千言,到最后竟到了废寝忘食的地步,饮食还要靠小盈照顾。

如此转眼便到了下午,小盈依然在旁边耐心相陪。正午的阳光稍稍向西偏移,小言终于觉得有些困倦,便将毫笔搁在笔架上,伸了个懒腰,准备稍

稍小憩。

"小言,累了吧?"

"嗯,有点。"

"嗯……"小盈想了想,又道,"小言,那过会儿要不要我弹首琴曲?也许可以解乏……"

"好啊!"

小言欣然回答,小盈盈盈起身,去书楼中抱来古琴,敛衽跪于溪旁绿茵之中,置琴膝上,说了句"恐弹不好,莫见笑",便开始轻拈柔荑,勾弹挑抹,意态恬娴地奏起琴来。

琴声幽幽,清丽柔雅,如莺语碎玉,随着淙淙的流水悠悠飘荡,徘徊在桃花林中清溪之上。

琴声振玉,飘落枝头几点落花,香洁的花片如蝶翼般轻盈旋下,正落在弄琴女孩鬓间襟上。

落英缤纷,鼓琴未已,娴雅出尘的女孩忽然婉转歌喉,就着琴声轻声歌唱:

招隐访仙楹,丘中琴正鸣。

桂丛侵石路,桃花隔世情。

薄暮安车近,林喧山鸟惊。

草长三径合,花发四邻明。

尘随幽溪静,歌逐远风清。

百花深处,歌声泠泠,如珠喤玉鸣,听得人十分舒适。

俄而琴声微变,小盈柔了声线,鼓琴复歌:

残花酿蜂儿蜜脾，

细雨和燕子香泥；

白雪柳絮飞，

红雨桃花坠。

杜鹃声里又是春归，

又是春归……

歌至此处，忽然水面风来，吹落几许桃花。于是恰如歌中所唱，花片纷飞，缤纷如雨。

斜飞而过的密集花雨中，小盈待唱完"又是春归"之句，忽然出神，住了歌声，只怔怔看着漫天的花雨。

恰此时，绿茵坪中有几株蒲公英，洁白的花绒球被风一吹，那绒絮挣脱了茎梗的束缚，乘着春风直往天空飞去。满天桃花飘落之时，独有一朵朵白绒花絮逆势而飞，与飘落的花瓣擦肩而过，身姿轻盈飘逸，直向长空。

"……"

本来欣然欢乐的小盈，忽睹水中花、风中絮，不知触动了什么心事，再也忍不住，泪痕如线，失声恸哭！

正是：

初弹如珠后如缕，

一声两声落花雨。

诉尽平生云水心，

尽是春花秋月语。

第二十二章
仙尘在袖，两足复绕山云

暮春四月，桃花含露，春溪流碧。

溪渠中蹦跳的水珠沾湿洁白的纸笺时，桃花影里的女孩亦失声哭泣。

午后春日的桃林，明丽而幽静，晶莹的泪珠肆意流坠时阳光温暖依旧。

草气，溪流，还有珠泪，被温热明烂的阳光一烫，便蒸腾在一起，酿成弥漫的春酒，氤氲在枝头，缭绕在身侧，悱恻而缠绵，久久都不散去。

仿佛就在刹那间，整座花林都醉了静了。鸟儿停了啼鸣，粉蝶收敛了翅翼，落花无声地落在水里，偌大的桃花林中只剩下不可抑制的伤心哭泣。

正是：

> 聚首多相伴，
>
> 远别长思念。
>
> 最是肠欲断，
>
> 将别未别时！

听到哭声，小言看着哭得如梨花带雨的女孩，他紧锁愁眉，叹息一声：

"唉……"

伤心哀恸的小盈闻声,猛然惊觉,有些不好意思,努力止住悲声,仰起脸,泪眼蒙蒙地跟小言道歉:"对不起,我这般哭泣,恐扰了你著书心绪……"

虽已努力恢复正常,言语间却仍哽哽咽咽,悲伤无法自抑。尤其话到句末时,她侧过脸来,恰看见溪上满水落花,零乱寥落,疏乱横斜,便又悲从中来,泣不成声。

"唉……"见她复泪,小言默然,直等小盈略略平静,才开口温言相劝。

对着落花流水的春溪,小言说道:"小盈,你别难过……嗯,我看水中落英飘零,甚是凄美,便想念首诗给你听……"

"嗯,好的……"

抽抽噎噎中,小盈应了一声,小言便道:"小盈,你看那花。看花分明在水中,入水取花花无踪。不如水畔摘真花,水中花亦在手中。"

"唔……"

听得小言这首近似俚语的小诗,小盈觉得颇有意味,便渐渐止住了哭泣。睁着星眸,静静看着水中花,若有所思,再无言语。

从这一刻起,她和小言只这样静静看着花雨纷落,一动不动。夕阳西下,林中渐暗,他俩才起身,掸去满身落花后,留下同样覆满一层花瓣的笔墨书纸,径去花菱草海中看日落花合的夕色。

月上东山,晓月如钩,花菱草海中怒放的花朵早已闭合,漫山遍野的野花收敛成细小的骨朵,映照着东天的月光、西天的余晖,宛如满天的繁星落地,星星点点,星罗棋布,在浩大的空间中一齐闪烁,变成星之海洋,让人恍惚中分不清自己是在地上,还是天上。

此后几天里,张小言一直奋笔疾书,晚上都是在林北的书楼中挑灯著书。明烛高烧,落纸云烟,居盈公主纡尊降贵一直在相陪。

到了第五日上,小言终于书成,便向小盈辞行。小盈听他告别,丝毫不以为异,便在第二天清晨率文武百官,盛排仪仗,去城外绿莎原上送别这位匡扶江山的功臣。

别时,清晨微雨,晴后天空湛蓝如碧。随着天上朵朵白云悠悠飘移,地上庞大的送行队伍渐渐出城。

旗幡幢幢,华盖罗列,若是不知底细的,还以为是帝王出巡。

宛如龙蛇的队伍游出十里,渐近绿莎原上十里离亭时,庞大的队伍在公主的命令下驻足。驿路烟尘里,只有两人并肩缓缓走到离亭中。

到得六角离亭,绿莎原上吹来的千缕微风中,即将离去的道家堂主,望着泫然忍泪的女孩,道了声"别哭",便袖出一书,递在她眼前,跟她说:"小盈,此书赠你。"

"嗯……谢谢!"

泪眼婆娑中接过小言递来的薄册书稿,小盈暂时看不清封面上的字迹,只听身前的少年少有地肃穆相告:"小盈……你是我上清宫四海堂下记名弟子。这几年来,于你我却疏于教导。所幸近来得空,著书一册,名为《仙路烟尘》,取烟尘仙路之意。书中我写下了这几年来求仙问道的心得体悟,自此别后,你须参照此书勤加修习。"

四海堂堂主说此话时,神色十分凝重:"小盈啊,据吾观之,汝虽生于帝王之家,却颇有仙缘根骨。近几个月来,吾渐觉大道将成,汝亦应多加自勉!"

听得经常没正形的小言忽然这般正经言语,倾城公主泪眼渐明。

举袖掩面急拭去涕痕,小盈再看身前顽立之人,便见他剑眉朗目,一双清亮的眼眸正看着自己,神光烁烁,亮若天上星辰。

忽然间,小盈所有的愁绪全都散去,对着小言用力地点了点头,侧身拢袖款款一福,肃容答道:"嗯!居盈谨遵堂主教诲!"

"呼……很好!"

见她这般回答,刚刚还老气横秋、绷着面皮的张大堂主,如释重负,长长出了一口气。

不过,刚松了口气,也不知想到些什么,他又赶紧板起面孔,老成地点了点头,严肃说道:"这样就好。不过小盈你也须知,我张小言出品的无上大道,十分难得!既然你玉骨神清,看了我这混元大道,自不必像那些山中老真人一般皓首穷经,修炼动辄十年百载。这样,我与你约定三年之期,三年期满,不管如何,那日我还来洛阳寻你,若届时你修习无成——"

说到这儿,一本正经的张堂主迟疑了一下,挠了挠头,才道:"我就带你返回罗浮山千鸟崖,亲自教导!"

说到这里,小言忽然再也绷不住面皮,霎时露出一脸灿烂的笑容。

一直全神贯注侧耳倾听的女孩,莞尔微笑:"好的,堂主……"

说罢,满腔的别怀涌上,一双春水明眸中忽又有两行清泪流出,沿着脸颊无声流下……

春风绿莎原,十里离亭里,风息尘定。张小言转身飘然而去。

第二十三章
空寂忘俗，自有清芬袭来

自知事以来，小言从未感到这般孤独。

方与小盈分别，虽有三年之约，但不知何故，心中却终有些怅然。

一路归时，葱茏草木里，驿路烟尘中，虽然春光灿烂，蝶飞花舞，小言却只感到一种前所未有的孤独。

数年来的欢声笑语，忽变成冷冷清清。曾经相知相亲相善的好友，因种种的缘故，都一个个离自己远去。

默然上路时，孑然一身，不闻童稚憨语，不闻温婉问顾，不见了欢声笑语雪腐花颜，只剩下鸟声虫声、水色山色。望前程道迢迢邈远，直到这时他才终于清楚，自己最期冀的为何物。

行迈靡靡，中心摇摇，惆怅而极时，小言忽然腾云而起。与其诸般杂念苦缠，还不如腾驾碧霄，指麾沧溟，快然追云，浴于天河，洗去满身愁绪烟气。

待足下生云，先与诸山共驰，冉冉升于碧穹，便览大地殊形。透过聚散离合的过眼云雾，只见苍茫大地上高山如丘，村舍如丸，阔大的草原变成了绿毯，奔腾的大河变得如田间小陌一样。

天风激吹，五云明灭，心凝神释，浩如飞翰。

浮沉于云海之间,凭虚御风,一任心意,不较路途。穿过一帘云边天雨,涉过几处天外云池,忽于脚下云雾罅隙间见黄河九曲。俯首凝视,传说中的北方大河如发光的缎带丝绸,映着阳光闪闪飘荡于昏暗万山中。柔软弯曲的缎带尽头,又有连绵的雪丘,层层叠叠地伸向大地尽头,一如身边苍穹中的云朵。

　　高天之上,伫立移时,正浩然出神,忽觉天风清冷,云絮泠泠,便御气南返,将寻旧途。

　　一路电掣风驰,约略半日,当远远眺见大地山丘间那条比黄河还宽出一指的白亮大河时,小言忽忆起四渎旧事,微有所感,便按下云头,脚踏实地行于大地阡陌中。

　　此时所行近海,如果没有估错,再行十里便是江海通州。一两年前,历海外魔洲事后,他曾与四渎龙君在此江边喝酒。也不知是否今番离别触动,小言只觉此时格外念旧,原本只是惊鸿一瞥的江海酒垆,现在却格外怀念。

　　此刻地近江南,春光更浓。一路行时,花雨纷飞,兰风溜转。通州乃水乡,河网纵横,一路上两边尽皆秧田。在杜鹃鸟一声声清脆滑溜的"布谷"声中,小言看到不少农妇村夫正在田间弯腰插秧。

　　一路看尽人间春色,不久便到了长江尽头。到得大海之滨,正是天高气爽,纤云都净,眼前浩瀚的东海水色苍蓝,纵使自己身边和风细细,海上仍是风波动荡,碧浪飞腾。

　　驻足看了一阵海色,小言便在碧海银沙上寻得一块平滑礁石,也不管上面被阳光照得微烫,倚石仰首躺下,口中含着一根初生的嫩茅,一边吮吸着甘甜的茅针,一边悠然望着东方苍茫的水色。奔波了这么多时,经历了这么多事,此时东海边不虑尘俗的休憩仿佛让他忘却了一切,心内空空荡荡,心外也只剩下鸥声海色。

正所谓机缘巧合,浩大海景中这般浑然忘机的静憩,仿佛比许多天的静坐修行都有益。小言静静倚靠海石时,有成群结队的雪白海鸥在他眼前捕鱼觅食。它们从云空成群落下,整齐地扎在海水中,重新从水中钻出浮游在海面时,往往口中便多了一条银色的海鱼。这样一扎一浮,时间久了,小言眼前的海面便漂着几支掉落的洁白羽毛,逐着波涛,一沉一浮。

"呃……"

仿若灵光霎时闪现,落寞望海时看见漂浮的白羽,眼光有意无意地随着它们沉浮,小言忽然忆起往日修行中的一幅情景:也许是一次晚饭前,在千鸟崖上,自己演练道家天罡三十六法之一的花开顷刻。术成之后,他见顷刻催成的鲜花虽然开时灿烂,却不能久长,盛开怒放不过一瞬,便如术名一样顷刻间枯败萎烂。

当时,也同现在这样,脑海中灵光一闪,似是想到了什么,却又如隔着一堵无形的墙,明明悟到,却始终无法彻底看穿。

两三年没想起的情景,此刻忽然想到,再看看眼前虽然浮浮沉沉却始终不会被海浪吞没的鸥羽,刹那间恍如一道耀目的闪电在混沌的脑海中遽然劈过,小言忽然通悟!

一经想通,他便从礁石上跳下,冲到漫卷抨击的浩荡海潮中,手舞足蹈,往来奔跑,放声大笑!

"道可道,非常道;名可名,非常名",大道通彻之际,虽然小言也想要自言自语,大声言说,话到嘴边却张口结舌,无法言明。于是奔驰笑闹了一阵,所有精妙幽微的无名大道冲到嘴边,化成一歌:

春每归兮花开,
花已阑兮春改。

叹长河之流春，

送池波于东海。

浮羽尘外之物，

啸傲人间之怀……

悟道啸歌之时，已近傍晚。举目四顾，天高水平，回望长江，晚山遥碧。于是披着满身的斜阳，小言于通州江岸边雇得一叶小舟，往那扬州溯流而上。

两桨汀洲，片帆烟水，溯苍苍之葭苇，汇一水乎中央，在浩荡长江中迎着夕阳晚霞由通至扬，则无论长江下游水势如何平缓，也须到第二日天明方能抵达。

不过，偶尔也有例外，便如此刻舟上旅客，只因不凡，稍使了手段，船速便大不一样。"白水一帆凉月路，青山千里夕阳鞭"。对小言而言，也不用什么夕阳鞭策，只需他轻抚船舷，那舟船便鼓足风帆，去势如箭，不到一个时辰便已接近维扬。

当然，这样怪异之事，小言早对艄公舟子编好说辞。他告诉船夫老汉，说自己曾蒙异人赐符一张，使用了便能加快船速，他自山地来，少走水路，今日偶尔起兴去扬州玩，便试用一下，看管不管用。见小言目朗神清，饱经沧桑的老艄公竟毫不生疑，一边啧啧称奇，一边用心摇桨，将已放缓的帆舟驶向扬州。

船近扬州时，长江中晚凉风满，流霞成波。靠近繁华无匹的天下维扬，舟船渐繁。

这时候落日西下，月上东山，行棹于江岸，时闻对面数声渔歌映水而来。靠着船舷，小言听了，只觉扬州船夫的渔歌大抵豪放，却又不乏婉转，偶尔听

得渔娘唱出，则温侬柔哝，水声泠泠，颇为销魂。不过，毕竟隔得远，这些渔歌临风断续，听得并不大分明。

就在喜好音律的四海堂堂主侧耳倾听时，他身后舟子老汉也猛然放声歌唱，就像和对面的扬州渔歌赌赛一般，带着些通州方音苍然歌道：

老渔翁，一钓竿，靠山崖，傍水湾。

扁舟来往无牵绊，沙鸥点点江波远。

荻芦萧萧白昼寒，高歌一曲斜阳晚。

一刹时波摇金影，猛抬头月上东山！

"哈哈！好！好！"

也不知谁人作的歌词，老艄公这支渔歌竟恁地清豪典雅。小言听了，拊掌大笑，回想歌词，不禁被逗起兴趣，沉吟一阵便也学老渔翁歌调，对着眼前茫茫蒙蒙的烟波云水，拍舷击节放声歌唱：

维江有兰，

美人植伴。

白云茫茫，

归兮何晏。

平川落日，

舟近维扬。

疑天地之衰运，

复太古之茫然。

星吐焰而耿耿，

月流波而娟娟……

扬子江流波烟月中出尘的歌唱罢，船也到了扬州江岸。弃舟登岸，厚遗了舟公，小言便走入城中，径赶往扬州城西北的瘦西湖畔。

当年，在扬州城中，他曾和雪宜、琼容在瘦西湖中浮舟载酒，当时那月光下舟欸乃、橹咿呀，三人一起畅游的清雅温馨滋味，至今难忘。因此他转来扬州，想重游故地，重温一下当年的美妙时光。

只是，虽然小言想得美好，但毕竟时过境迁，物是人非，若当年人物不在，即使江山未曾变换，落到眼中也可能全变了模样。九省通衢的扬州城依旧繁华，灯红酒绿，烟柳画船，纵使夜深也依然游人如织，不见疲倦。

小言还未到名湖胜地，便忽然想通，兴尽而返。

"澹春色兮将息，思美人兮何极。瞻孤云兮归来，与千鸟兮俱栖。"

不到天明时，小言便已回到云雾缥缈的仙山高崖上。

去红尘中走得这一遭，思念更重，情谊更浓。

每日中，小言足不出户，只在千鸟崖上看护梅魂。他要防梅树遭风吹雨打，遭虫扰鸟啄，甚至还没来由地担心会有顽皮道童偷来折花去玩。

"木以五衢称瑞，枝以万年为名"，在小言日夜小心看顾下，瑞彩寒梅越发萱丽衔华，清香氤氲萧曼，香蕊葳蕤怒放。每当山风吹来，梅朵辄摇曳于风间，如对人笑，如对人言。每至此时，四海堂堂主亦对花含笑，崖上清冷孤寂生涯，浑然顿忘。

这般又过了半旬，这一天晚上，小言给梅花略洒了些冷泉，便回返石堂中挑灯夜读。

其时正是五月初夏，山月半圆，明洁皎凉。夜阑人静之时，四海堂外草丛中蛐蚰唧唧不停，在东壁冷泉流水潺潺间隙，已能听到山野中断续的蛙鸣。

烛光如豆,月色满窗,四海堂外千鸟崖上正是暮烟初暝,夜色萧然。

灯烛月色里,当窗前洁白的月色渐渐西移,读经半晌的四海堂堂主稍觉口渴,便放下经籍,心思还未从书中出来,懵懵懂懂,习惯性地道了一声:"雪宜,劳烦你沏杯茶来!"

一言说罢,四壁悄然,听得好一阵虫语,不见应声,这时小言才清醒过来。

回首望了望空空荡荡的石屋,小言哑然失笑,自嘲道:"罢了,这般糊涂,莫非老了?"

说罢,觉得并不是十分口渴,便又继续用心看书去了。

不过,也许今晚真有些糊涂,刚才那般误言之后,过了一会儿,他又犯了同样的错误。看书看得高兴,小言偶尔觉得还是有些口渴,便伸出手去,端起几旁的白瓷杯盏,放到口边吹了吹热气,便开始喝起香茶来。

"哈!"几口热茶入肚,小言只觉得温润解渴,齿颊留香,便不禁由衷地问道,"这是什么茶片? 清香解渴,芬润甘香,莫不又是你去山间寻来的? 怎么这香气竟能萦绕一屋……呀!"

忽然之间,四海堂堂主如梦初醒!

正是:

碎剪月华千万片,

缀向琼林欲遍。

影玲珑、何处临窗见?

别有清香风际转,

缥缈着人头面!

第二十四章
尺素传吉，盼今夕终无憾

是耶？非耶？

梦欤？幻欤？

回首看到满屋月光中盈盈的笑靥、浅淡的娥眉，一霎时小言以为身在梦间！

"雪宜……"

相见时节，纵有万语千言，却不敢说出一个字，待真见了面，却只是屏住呼吸，不敢泄漏一丝声气。

怕美梦醒来，小言不敢作声，也期望万籁俱寂，让屋外的清风暂停，草间的夏虫住了歌唱，所有的一切都安静下来，好让他这个美梦安然完续。

静夜无声，月光盈眉，洁白的月华将女孩映得更加娇柔，却也变得更不真实。如真似幻，若梦还真，当堂主呆住时，华容婀娜的女孩也愣住了。气若幽兰，含辞未吐，纵有满怀话要倾诉，迎上久违的目光，却也一切凝住。相顾无言，只剩泪华盈目；万籁俱息，唯有月光飞舞。

小言再次清醒过来时，已到了第二天早上。睁开眼，便见明亮的阳光铺满窗台，窗外传来一声短一声长的鸟叫，看来已是日上三竿。

"奇怪……"

一觉眠迟,昏然醒来,小言便觉得有些奇怪。从榻上坐起来,摇了摇脑袋,抚了抚额头,他心中疑道:"奇怪,怎如昨晚喝醉了一般? 记得昨夜只是读书太晚,匆匆上床,好像还做了一个美梦……咦?!"

正想到这儿,小言朝四处随便望望,这一望,却发现有些异样。床前那双青萝芒鞋对齐摆在地上,丝毫不像自己惯常胡乱踢掉的模样。再抬头一望,正见昨天穿的青衫道袍此刻整整齐齐地叠放在榻尾藤竹衣架上!

"不可能……"

想他张大堂主不拘小节,哪回睡觉前会安安分分费力劳神地去叠放脱下的衣裳?

"一定有人来过! 难道……"

沐浴在上午的阳光中,四海堂堂主思绪翻腾,呆呆地坐在床边出神,似乎想到点什么,却又不敢确认。正踌躇间,忽然听到窗外似乎有什么声响。

"谁?!"这下小言不再迟疑,弹身而起,噌的一下蹿出门扉,跳到屋前的石坪上。

待小言看清眼前景物,忽然呆住。

"真的是你?!"

看到明灿阳光中熟悉的身影,就如一道闪电盘空而过,霎时照亮天地,小言突然间明白,原来昨晚并不是梦! 霎时,多少日来一直保持老成持重的四海堂堂主,瞬间又跳又笑,一个箭步奔到起死回生的女孩跟前,泪花闪烁,嘴唇哆嗦,竟不知该如何说话!

"堂主……"

和他一样,清婉出尘的冰雪梅灵雪宜重又站在阳光之下,见到堂主,一时欲语还休,双眸盈泪,只知飘摇立于石崖清风中,沐着太阳的光辉,宛如一枝冰晶雪莹的霜梅。

说起来,雪宜还魂复生,二人重逢,几月来这个情景已不知在小言心中预演过几回。只是,不管有多少回,他都没预料过会有这般无言的僵持。想他自己向来才思敏捷,怎么今日竟会张口结舌,说不出一句话!

到最后,终于还是他打破沉默。略略平息下动荡的心魂,凝视着对面清泠如初的女子,忽然注意到一事,一时觉得脑筋有些打结,想不通,便问:"雪宜……你这是做什么?"

原来,在这样动人心魄的重逢之时,小言突然发现雪艳霜姿的女孩子,亭亭玉立时手中竟斜执着一支鹤嘴钢锄,雪亮的锄尖上,还沾着些青草泥土,再往她身边四周看看,又见到地上堆着几堆青草。

看到这一情形,小言疑道:"雪宜,你早上起来……锄草?"

"是呀……"见堂主终于找到了自己熟悉的话题,雪宜顿时忘了天生的娇怯,吐气如兰地轻声回答,"禀堂主,这些时间雪宜不在,疏了清理,今见坪上杂草萋萋,甚是不安,便趁早起来,寻了锄头薅草,却不觉吵醒了堂主,雪宜……"

柔声絮语,越说越低,到最后粉颈低垂,俯首拈带,局促不安,竟真个十分惶恐。

"唉……"见她如此,小言长叹一声。他过去夺下她手中锄头,扔到一边,足下云生,倏然间带着雪宜翩然而起,一齐飞凌罗浮山苍翠的万山之上。

"浩碧空兮一色,横霁色兮千名。"

浮沉于罗浮山五百里洞天上空的云海,小言望了望千山万壑白川碧烟,转过脸看了看身旁的雪宜,带着一脸灿烂的笑容对她说道:"雪宜啊,我出身农家,这锄草农活我熟,以后我帮着你做,一时不急。现在如果你有空,便请陪我好好看看这罗浮洞天！"

天生清冷的雪宜听得小言这话，抿嘴一笑，点了点头，认真答道："嗯！雪宜一定好好相陪。"

"哈！那好！"小言嬉笑道，"雪宜，谢谢你！罗浮我已有好些时日没来看了。若再不走走，恐怕以后有事外出，御剑归山，都要不认识路了！"

"嗯……"恰好一阵天风吹来，雪宜裙带飘摇，和小言一起向前方云雾翻腾的深处飞去……

待雪宜归来，自然有许多事务。除去她坚持忙里忙外做着大扫除，小言也带她去了飞云顶上，跟各位尊长同门报喜。这其中许多祝贺琐事，不必细提。这些天里，倒是小言跟雪宜略略诉说前情，虽然已尽量说得云淡风轻，冰雪聪明的女孩仍然从小言话里听出许多内情。

当听说自己疼爱的琼容小妹妹得了机缘，留在了天墟昆仑，虽然雪宜好生想念，却由衷地替她高兴，祝福她修仙有成。

除去这个，当雪宜从小言约略描述中，听到他为了自己这么一个妖灵，竟历了那么多血火纷飞的战事，出入风波，九死一生，最后越过重重险阻，上天入地，到仙山昆仑跟神人乞药，帮自己复活。每想到这儿，雪宜心中便如掀起滔天巨浪，感念之情无以言喻。

于是，在最初的几天里，每当雪宜收拾房前屋后时，偶尔离开小言视线，便忍着声音低低哭泣。

她想不通，为什么在她眼中尊贵的堂主，会为自己这样拼命。自己不过拼得一死，他竟想到为自己报仇，冒凶险，历风波，历尽艰难险阻，不仅杀死了仇敌，还费尽曲折去缥缈莫测之地求取到灵丹仙药。每想到这些，雪宜心中便十分难过……

后来，雪宜又无意中知道，原来千鸟崖前漫山遍野新植的竹林，是堂主只为了那句"梅竹相生"的传言，便满山寻来竹种栽种，使得自己的原形能更快还复人形。知道这点后，柔婉内向的女子愈加感动难过，背后又不知多流了多少泪珠！

对往事有多么感动垂泪，便对现在的时光有多么珍惜。善解人意的梅雪仙灵重归崖上，深山高崖上的岁月便不再那么清寂。

第二十五章
立地风波，啼来谁家乳燕

清修之余，若得空闲，小言便与雪宜结伴去附近山川游历。越近垄，寻远峦，步青苔，攀藤萝，倚怪石，瞰平原，扪青萝而入谷，照寒潭以正冠，听风入松而成曲，阅泉绕石而成章，立则憩于高冈，立于云岚，含怀屏气，存神忘形，看鸟归鱼宿，望月出于东山。如此种种，以前从未经历，真是难得的神仙生涯。

悠游之余，让小言没想到的是，他和雪宜一起回饶州马蹄山隐居时竟留下种种传说逸闻。其中最出名的两则，分别为"邀雨""入画"。

话说那年大旱，骄阳赛火，连月未雨，田中禾苗干枯，民不聊生。大旱之中，饶州百姓拜神求雨，诸般祷告不得，便上门告之张家小仙人。小仙人一听，当即一笑，焚符一道，说虽然今年自己禁咒，行不得水法，但可邀南海仙人旧友前来一叙，应能遗下几滴余沥。

当时听他这话，众人皆摸不着头脑，只是怔怔看他作法。符箓烧过，转眼便见风云异色，东南上空有一铜钱大的阴云飞来，转瞬到得饶州上方时，已变成阴云满天，天昏地暗。昏沉沉中，满天的云彩中忽有一白衣秀士飘下，面如冠玉，神采飞扬，及落地时，听他自称"小弟骏台"，告罪来迟，便与张小仙人一道去松下亭中下棋。他俩下棋时,刚才白衣仙人云路之中忽然风雷阵阵,没多久便大雨倾盆,降下甘露。这便是"邀雨"。

又一日,张小仙人去城中书斋拜访旧日的同窗塾友,这些往日的同窗听说他已得道,便纷纷恳求带他们入仙境一游。张小仙人听罢,含笑不语,只抬手一挥,士子们便发现自己已置身于幽翠深山里。松郁郁,竹葱葱,路迷夏草,径惑春苔,四望溪山如画,烟岚四起,看神韵分明便是个真仙境。略跺足,果然生云,无翼自翔,转眼盘旋于岩上,徘徊于虹边,去到绝峰古寺访老僧,寻到水瀑清潭遇游女,寒江方钓雪,春溪忽系舟,须臾万象,如醉如痴!

转眼苏醒,再看时,雅室书轩中阳光满屋,眼前张小仙人正襟危坐,案几上茶烟袅袅,刚沏的香茗尚存余温。

"原来只是一梦!"

瞠目结舌之际,却猛然抬头看到书轩粉壁上挂着的四张条幅,水壑烟山,青溪古寺,山亭雨落,风雪寒江,宛然便是刚才梦中所历情景。

此便为"入画"之事。

当然,这些众口相传的民间传说,大抵荒诞不经,来源不明,其中多有不通之理,一笑置之便可。

过了两月有余的神仙岁月,也不知是否心血来潮,小言静极思动,忽然又想起饶州城中的繁华热闹。于是这天一早醒来,便提议今日不妨去饶州城中走一遭,看看热闹也好。

雪宜自然毫无异议,大约半个时辰之后,他二人便双双御云,落到饶州城近郊的驿路上,向饶州城池慢慢而行。

说来也奇,今日饶州东郊驿路两旁的柳树上,喜鹊出奇的多。一路行时,只看见它们在枝丫上扑腾跳跃,叫个不停。听到这么多喜鹊欢鸣,雪宜十分高兴,跟小言说,说不定今天会有什么喜事。

两人这般说说笑笑,没多久便走进饶州城。这时日上三竿,正是饶州的早市。阔别了多日的饶州城还是这么热闹,从城东菜市路过时,人来人往,摩肩接踵,往往硬挤着才能从人缝中通过。

这样的早市,又是声色味俱全的,四乡八里的农户商贩都汇集到了城中。从街市挤过时,只听得各种腔调口音的叫卖此起彼伏,讨价还价的声音,油炸早点的声音,商贩争吵的声音,女人打小孩的声音,驴嘶马鸣的声音,狗吠鸡叫的声音,此起彼落,吵成一团。满天的争吵喧嚣声里,又飘来各种味道,油条的焦香,蔬菜的清香,卤味的咸香,水产的腥香,种种的味道在空中弥漫,混杂着街市的烟尘气,搅成一团,一股脑儿冲来!

对这样的市井烟尘味,小言不闪不避,反而贪婪地使劲嗅闻。这熟悉的味儿是这般奇特,可以让他一瞬间便忆起往昔,忆起在这样的味道中发生的形形色色的事情。那时候,虽然和这味道一样,生活中酸甜苦辣并集,但经过岁月的调和,却最终混合成一种独特的风味,每当自己想来,便欣然微笑,有会于心。这样的心意,无法言传,只能默默地穿过市集。

挤过热闹的东集,便来到人流相对稀疏的中街。在那儿,小言陪着送给雪宜一只五彩缤纷的折纸风车。拿到玩具风车,一贯清幽柔静的梅灵少有地玩心大起,杏口微张,呼呼地吹着风车,一见到它应声转动,便喜笑颜开。忽然有几个顽童从身边奔过,他们一边跑一边叫嚷着:"看马戏啰!看马戏啰!"

欢叫声里,小童们一溜烟地跑向城西,跑过街角,转眼消失无踪。

"马戏?"

小言琢磨了一下小童的叫嚷声,忽然来了兴趣,便和雪宜一起往城西而行。

这时候,他和雪宜还没意识到,今日此行将会给他们带来何样的惊喜……

却说小言,和雪宜转过四五个街角,穿过七八条弄堂,约莫小半个时辰后,走近了西街的校军广场。虽然这儿叫校军场,小言却深知,那些饶州的军爷一月也不会来操练几回,平时没事时,这儿便是各种马戏杂耍最好的台场。北面那张麻石垒成的点将台,更是一直拿竹竿张着一块幕布,上面用油彩画着假山园林,只有刮风下雨或者老爷们真来点兵时才会撤下,平时俨然就是个专用戏台。

走近自己熟识的校军场,还没到近前,小言便瞅见广场靠自己这边的空地上,有一座用油布搭的帐篷,占地挺大。帐篷旁校军场的军马桩上,系着几匹枣红马,不时地刨地打响鼻。马旁边停着几辆大车,车上摆着几只笼子,里面关着几只山兽,无非猕猴、黑熊之类,正懒洋洋无精打采地看着笼外围观嬉闹的孩童。

"哈!"

看这情形,先前那些小童显然错报了"军情",明显这马戏演出还没开始。好笑之余,又想起童年经验,显然马戏团只在下午人们相对空闲之后才会开演,现在还没到正午,说不定那些远道而来的马戏班子还在酣睡,为下午的演出养精蓄锐。

想到这儿,小言有些失望,便要回转。只是,刚要转身,却忽听对面帐篷中一阵丁零当啷的脆响,分明是锅碗瓢盆落地破碎的声音。正诧异时,紧接着便听到一个莺声燕语般柔脆的声音,笑嘻嘻地惊叫道:"嘻嘻!又闯祸了!"

听着话音,就见一个黄衫小姑娘从帐篷里跑出来,身后跟着一位留着焦黄山羊胡的大叔,神情悲愤,在那小姑娘身后骂骂咧咧地追着。

"那是……"

一听到那声音,小言便忽然有些呆住,再等一脸尴尬的小丫头从帐篷中跑出来,看清她嬉笑的面容,小言便和身边的女孩齐声脱口惊呼:"琼容?!"

"啊?是谁在叫我?"

正逃得晕头转向的小妹妹,一时也没看清小言二人,朝这边又蹦蹦跳跳跑了几步,这才定了定神,忽而拍手欢叫道:"小言哥哥!雪宜姐姐!琼容终于找到你们了!"

久别重逢,欣喜万分的小丫头正要跑过来,却不防身后马戏班主趁她愣神,已气喘吁吁地赶到了,琼容才向前一冲,却正好扎进刚刚急绕到前面的班主怀里!

"嗯?!"见被人挡住,娇憨的小姑娘气得大叫道,"我、我着急找我哥哥说话,你敢挡我?"

"嘿嘿!"

见她气恼,月余来已视琼容为摇钱树的马戏班班主,才不想就这样让她跑掉。当即便嘿嘿奸笑两声,伸手抓住琼容两只胳臂,叫道:"才不让你走!"

"让我走!"

"不让!"

跟小孩子扯皮,班主大叔还来了劲,跟身前女孩扮着鬼脸,羞她道:"嘻,小丫头,跟人走,变个狗!"

"啊?"一听这话,琼容勃然大怒,叫道,"我不是狗——哇呜!"

"哇咧!"

琼容话音刚落,不讲理的班主便突然一声惨叫!

原来,刚才说话之间,琼容已对这班主下口。阳光下,嘴一张,便见满嘴的玉牙寒光一闪,一口死死咬在班主裸露的右胳膊上。霎时间,便把班主疼得直咧嘴,如同羊癫风发作,使劲晃着右手,想把小丫头甩脱。

可是,小姑娘身形娇小,无比灵活,不管人高马大的班主怎么甩手,就是死死咬住臂上皮肉不放。娇俏的小身子吊在半空,被甩得如同荡秋千般来回摇晃,就是不掉下来!

"哇呀!"

剧痛入骨的贪心班主这时还没意识到自己越甩越疼,情急中却只顾甩手,如同抽风。一边甩,一边还记着含泪叱责:"我的妈呀,你这还敢说自己不是狗?!"

"呃……"

这一番闹剧,落在四海堂堂主眼里,正是哭笑不得。

眼见被咬的班主疼得涕泗交流,小言赶紧和雪宜赶到近前,叫道:"琼容快住口!"

"唔——嗯!"

听得小言说话,正咬人的小姑娘只得松了口。借着班主甩手的力道,身子朝后一荡,琼容便如一只穿云的燕子般唰地扑进小言怀中。

正是:

> 无端风信到手边,
> 谁道蛾眉不复全?
> 江海来时人似玉,
> 瑶宫去后月如烟!

第二十六章
银河洗剑,忘却五湖风月

没想到偶尔逛街,遇到了琼容,小言大喜之下,赶紧息事宁人,掏出二十两纹银,交给班主补偿他的损失。本来班主满腹委屈牢骚,一见白花花的银子,顿时眉花眼笑。他不仅立时忘掉疼痛,喝退正围上来的戏班子弟,还一个劲儿地跟琼容道歉,说自己皮糙肉厚,不知有没有伤着小女侠玉齿嫩唇。

了却此间纷争,小言便别了班主,半拖着琼容,和雪宜一道去街边寻了一处柳荫下的茶摊。叫了壶凉茶,三人开始一边喝茶一边聊起天来。

开始时,小言也没着急说话,只看着琼容喝茶。刚吵闹过一回,琼容看起来正口渴,坐在板凳上只顾捧着白瓷茶杯,粉嫩的脸面埋在杯口,吱吱地吸着杯里的凉茶。喝茶时,她身边七月里炎热的街道上偶尔吹来一阵凉风,背后那棵柳树的柳丝便飘飘拂拂摆到她耳边,和那些随风摇动的秀发混在一起,好似戴上了几支翠簪。

等到琼容茶喝完,正抹嘴时,小言才开口问道:"琼容,你不是在昆仑山学道吗? 怎么有空跑回来!"

原来对西昆仑之行,小言脑海中有个完整的记忆,记忆中琼容得了西王母、西王女的喜爱,留在了仙山昆仑修习。所以,忽然碰见琼容,他觉得十分惊异。

听哥哥相问，琼容眨了眨眼，绞着小手指头，神色竟有些忸怩，愣了片刻才答道："哥哥……不是琼容贪玩，是琼容想你了。又知道雪宜姐姐也要活了，就忽然什么都不想学了，抽了个空，就溜下来找你们了！"

"呃……"

小言听了琼容这话，不知如何说才好！学道昆仑，这是多少人梦寐以求之事？谁知这小丫头说走就走，真是……

虽心里万般可惜，小言口中却道："也好。那些也没什么好学的，真要学本事的话，以后我和雪宜教你！"

说到这儿，小言却想起一事，便问道："琼容啊，你回来便回来，怎么会在马戏班里？"

"……嘻嘻！"听得小言哥哥不再追问离开昆仑之事，小姑娘心里没来由一阵轻松。

当即她便笑得如同一朵盛开的白荷，笑嘻嘻地告诉小言："哥哥！从昆仑回来，琼容却不认得路，在雪山草地里跑了几天，只记得哥哥曾经说过，有一天若是找不到哥哥的话，就要去一个叫饶州马蹄山的地方，跟人说自己是张小言的妹妹，所以我就跟着这个马戏班了。因为班主大叔说他们每天到处走，只要琼容帮他们翻满一千个跟头，就能走到饶州马蹄山了！"

"这样啊……"

小言听了，心中暗道这小丫头又被人骗了。

不过，仔细琢磨琢磨琼容这话，努力回忆一下，他倒真不记得自己哪回这般说过。正要再问，却见琼容忽然生起气来，噘着嘴，气呼呼道："班主这个坏蛋！明明到了饶州，却不告诉我！"

说着琼容便跳起来，想回头去找班主算账，不过当即便被小言拉住了。

这样久别重逢,自有许多话要说,如此自然不急着回去。相依相伴,相逐相笑,小言与琼容、雪宜逛遍了整座城池的街街巷巷,直到月照东天,才拎着一大堆吃食玩物回去。飞行于月光山烟中时,玩累的小女孩趴在小言哥哥背后,带着甜甜的笑容安然入睡。

深山竹海中的隐居生涯,有了琼容的加入,便在清净温馨中又多了几分活泼雀跃。从昆仑山"偷溜"回来的小姑娘憨跳一如往日,与山鸟相嬉,与涧鱼共跃,乘风去,跨鹤归,返璞归真,陶然欢悦。

与往日几无二样的天真乐道里,只有一样稍有差异。自打从昆仑归来,山居的日子中琼容忽变得非常爱说西昆仑上西王女的好话。常常没来由地,琼容就向小言哥哥、雪宜姐姐宣扬西王女姐姐温良贤淑、容貌美丽。有几次,琼容还跳着脚,气呼呼地说要去找那位羲和阿姨算账,因为听说她到处散布西王女姐姐的坏话……

琼容的所有这些言行,看在小言和雪宜的眼里,觉得显然是爱憎分明的小妹妹在努力维护自己学艺恩师的形象,合情合理。他们不去深究,也就无从知道,其实琼容做这些言行之时,只没来由地觉得自己就该这样,要问她为什么,她自己也会莫名其妙。

斗转星移,日升月落,山中的日子悠然逝去。琼容回归的一个多月里,幽静的马蹄深山中并无什么大事。直到这一天,小言带着两个女孩儿去鄱阳湖中探问灵漪儿病情时,一切才有了些改变。

鄱阳湖底的龙宫里,在四渎龙君亲自引领下,走过重重珊瑚楼阁白贝甬道,来到内殿之中,小言和雪宜、琼容通过那面四渎秘术造成的圆灵水镜,看到了万里之外东海波涛中的灵漪儿。

花容依旧,高贵依旧,只是明亮水镜中的灵漪儿却比上回更加苍白憔悴。水镜中,小言几人看得分明,在那团迷蒙海雾白烟里,往日活泛跳脱的女孩现在却是神气恹恹,软软地靠在白玉蚌床上,形容萎靡,不见了当初分毫的灵动毓秀。

没想到,上回来看她时还一切正常,脸色红润,粉靥含笑,这一回就看到这样的变化!看着水镜中女孩现在衰弱的模样,再回忆起她往昔跳脱飞扬的神采,一时间小言十分难过,心如刀割。

小言黯然,站在一旁的云中君也十分难过。虽然悲伤的心境差不多,但他还是努力挤出些笑容,尽量语气轻松地说道:"小言,你不用担心。我们本来就知道,灵儿这伤没几十上百年养不好……"

听得云中君这般说,小言心里更不好受。努力定了定神,便问道:"龙君爷爷,灵漪儿这伤……有什么更好的办法吗?"

"这……"听小言这般问,云中君面带忧色,叹了口气,答道,"小言,灵儿这回是被惑乱阴邪之气把灵根打伤了,除了安心在东海冰室玉床中静养,别无更好方法。不过——"

有一件事他本来不愿现在告诉小言,省得做不成时他失望更大,但眼看着自己说到这里小言已脸色发白发青,云中君只得和盘托出:"不过这几天我见灵儿神色不太好,便一直严命四渎文吏查找藏书典籍,看看有无我们未知的灵药能治愈这样的伤疾。"

"啊?那结果如何?!"小言听了急急相问,却见云中君摇了摇头,叹了口气,不再说话。

见这样,小言忽然有些绝望,须知龙宫珍宝秘藏无数,要是连他们都束手无策,那真的就别无良法了。一时间他紧攥的拳头中,不知不觉指甲都快嵌进了肉里。

正惨怛沮丧,愁云笼罩,小言却忽听殿门处一声响动,然后跌跌撞撞闯进一人!慌张跑进之人,一边跑还一边大叫:"主公!找到了,找到了!"

峨冠博带的文臣水吏,这时已跑得帽歪袍散。

"仇虏?你找到办法了?"

一听这话,殿内众人一拥而上,把仇虏团团围在中央!

"是是!"

短短两个字,真如玉旨纶音一样!

"快说来听听!"

"咳!是这样——"挥舞着手中一册图书,激动的水臣稍稍定了定神,有些没头没脑地跟主公禀报,"报龙君,微臣刚在这本《天河秘考》中发现,原来在银河之源的西海边有棵神树叫'穿桑'!"

"穿桑?"

"对对!"

"呃……就算有穿桑又如何?"

听得仇虏之语,四渎之主忽然有些失望。

见他如此反应,仇虏忽然清醒,赶紧把自己的发现一口气说完:"主公莫急,且听臣说完。臣下今日在珍珑阁中偶尔寻到这本《天河秘考》,一读,才知银河源穿桑果,不仅如传说中那样食一枚便可与天地同寿,还可以治愈世间一切病症!"

"哦?!"

"嗯!臣仔细看过书中注释,这里还有特别注明,说专解世间一切惑乱邪魔之症!"

仇虏一边说,一边把书册翻到那页给云中君看。云中君接过来认真一读,忽掷书于地,鼓掌大笑道:"果然!"

一语说罢,玉殿中顿时沸腾,所有人愁容一扫,欢呼雀跃!

只是,高兴了一阵,云中君第一个冷静下来,忽想到一个问题,便拉过仇虏问道:"银河源——莫说是银河之源,只这银河,据说是星光灵魄汇成的天河,乃宇宙间最缥缈灵幻之地,连我这样的积年老龙也只当它是传说——你说这样的银河,咱们怎生去得?"

一句话,便如一盆冷水浇下,小言、雪宜顿时呆住,只有琼容还在拍手欢跳。不过,听得龙君相疑问,仇虏却胸有成竹,躬身行了个礼,从容说道:"此事说易不易,说难不难,微臣早已查清,请主公放心!"

仇虏侃侃而答:"来玉殿之前,猜主公有此一问,便去书阁中翻检银河天宿之册。经查阅得知,要去天水银河,须待八月中秋。八月中秋十五之夜,将近子夜时月华最盛,月亮最圆,此时天顶之中织女、河鼓、天津三星,恰运行至各自本宫,呈等距三角之形。

"所谓'织女出,河鼓动,天津开',此时若有三位至澈至灵的仙真男女,运无上法力,感应三星,集帝一于绛宫,列三元于紫房,吸二曜之华景,登七元之灵纲,则一道灵明津渡凭虚而生,连通天地,冲破太虚,无论身在何地,瞬即可达天河! 之后乘天槎,溯银河,达西海,攀穷桑,摘灵果,沿路而返,则公主之疾指日可愈矣!"

"⋯⋯甚好!"

第二十七章
仙路渺远，人生只如初见

不知存在于天外何处的银河，平静浩瀚。

星座变幻，星光摇漾，无尽宇宙的星辉汇成光的海洋，流淌出银色的河流，静静地横贯在天上。闪烁的星光映射成星河的涟漪，狂乱的星辰风暴奔涌成河流的浪花，充盈于整个宇宙的光芒都在这里耀亮，这里是宇宙鸿蒙最光明的精华。

乘着晶莹剔透的水晶船，缓缓漂行于仿若亿万只萤火虫聚成的星河上。从宇宙深处吹来清寒的风息，吹过肌肤，吹过发丝，吹来宇宙里最神秘的悸动和叹息，一点一点蔓延到整个心房。在宽阔而璀璨的美丽银河中溯流而上，便连最活泼的女孩也温柔安详，蜷着足静静凝视船舷边的浪花，看它们闪亮如银色的精灵一样。

人间带来的水晶神舟，沿着银河溯流而上，渐渐驶向银河源。在那里有星河发源的光辉海洋，海洋边星沙上矗立着翠碧的穷桑，穷桑高八百余丈，孤独茫然，奔涌的星空海洋上投下它青碧的影像，神圣博大。缓缓驶近了梦寐以求的穷桑，载着人间访客的晶舟便在闪耀的星沙上停下。

"这便是穷桑吗?"

原以为见过南海烟涛中的翠树云关，自己已算见多识广，等亲见传说中宇宙的树木，小言却猛然惊呆。

亘古恒在的神株，直指穹宇。绿采缤纷，妙姿陆离，天机作色，星河耀容，既清高又恬静，静静矗立在银河源头光海边上。蓄雾藏光，碧华婆娑时，直与星宵争丽。

到了穹桑，也不待小言分派，琼容便欢呼一声，手疾眼快，唰唰两声将足下绣花鞋蹬给雪宜，光着脚丫，两支雪白的羽翼转眼撑破背后衫子，还没等小言反应过来，呼的一声已飞在半空天上。

"小言哥哥，雪宜姐姐！琼容先去摘那治病的果子了！"

一声招呼，小姑娘便羽翼翩跹，欢腾飞到云烟缭绕的碧枝之上，在翠光萦绕的宏枝巨叶间来来往往地寻找穹桑神葚。她越飞越高，身形渐渐变小，在碧玉枝叶中往来穿梭飞舞时，看在小言、雪宜眼中就像只快乐的小鸟。

"雪宜，我们也上去吧！"

"嗯！"

眼看着小妹妹很快便飞到巨树深处，小言和雪宜生怕她有闪失，赶紧御云而起，相继翩跹飞上高空，紧追着琼容身影，往翠盖罗伞一样的神木深处飞升。

当终于见到银河源头的穹桑，能迅速医治灵漪儿的灵果似乎唾手可得时，小言心里却忽然变得忐忑不安起来。这回来之前他便听四渎中那位博学的水臣说过，银河中这棵独一无二的穹桑神树，每一万年才开一次花，又一万年才结一次果，果熟之时又有银河中的翡翠神鸟成群飞来，将它们啄食吃掉。这样的话，即便他们能到达穹桑，也并不一定能摘回桑果。

所以，当小言开始和雪宜、琼容一起忙着在翠玉般的枝叶间寻找果实时，心情反比刚才一路来时更加紧张。眼睛一路东张西望，心中则不停地向满天神灵祷祝许愿,希望自己能尽快找到神果。

"找到了!"

看来许愿果然有效,还不到半个时辰,正当小言心情越来越沉重时,忽听到头顶一声欢呼!

"呃……"

没想到此番银河之行,最终还是靠琼容天生的技能才找到那颗恰好幸存的紫红穿桑果。此后他们翻遍了整株灵木,希图找到更多,却发现竟然再也找不到第二颗。

于是当这颗仅存的硕果,被四海堂堂主小心翼翼地装入专门准备的冰晶玉盒中时,他心中怦怦乱跳,一阵后怕。小言害怕的是,万一小姑娘刚才找到这颗穿桑果时,像往日那样顺手往嘴里一扔,先尝一颗……

等到回返之时,心情变得平静。对着寂静无言的穿桑跪拜了一个大礼,小言才和两个女孩儿蹚着银河之水,登上水晶舟筏,放舟向来路顺流而下。

在凭空横贯于太虚之中的星河中行船,小言并不敢太往四外张望。因为身外深邃空虚的夜空这时看来格外寂寥,看一眼,整个身心便会震惊于那种亘古不朽的静默,神魂被死寂吸引,心儿被哀伤湮没。若不是他心性已炼得淡泊空灵,怕会在下一刻纵身跳进无限的星空,与静寂的宇宙一起沉沦。

永恒的是宇宙,不灭的是死亡。到这时小言才终于明白,为什么来之前云中君对他们三人测验良久,最后成行前还是百般劝止,忧心忡忡。

想到此,孤寂河流上的四海堂堂主心间便有些温暖起来。

看着眼前两个寂寞清冷的女孩,小言忽然站起身来,站在天槎舟头,毫无顾忌地对着四外茫茫的宇宙放声歌唱:

天河流泄归何处,

是否人间反复流？

寻超凡只被凡心扰，

妄出尘却被尘世缠。

迷蒙人间皆自取，

落寞苍生几人还。

探幽访秘入仙境，

不若淡泊名利相见欢。

酒间弄剑意气发，

孤舟独桨寻源泉。

是非是，

花非花，

愁不愁！

浩荡嘹亮的歌声，震动了天宇银河，循规蹈矩的星辰瞬间乱了秩序，应和着宇宙核心传来的歌声发出最灿烂的嘶吼！

星云泛起悦耳的泡沫，彗星呼啸着明亮的光芒，一个呼吸震荡了一千个世界，一次脉搏穿越了亿万里光年。

圣洁耀眼的光明汹涌而来，穿破虚空的星潮将三人瞬间包裹，转眼又消逝。瞬间之后一切回复本初，众星重归本来严密的秩序。宇宙恢复平静，仿佛什么都没改变。改变的只有徜徉星河中的三人，他们忽然心有所悟，相视微笑，一种前所未有的感动填满心头，静静地望着对方睫毛上残存的银色星辉，欣然欢乐。

就在小言与雪宜、琼容享受万籁俱寂的空灵与祥和之时，晶舟前平静的星光之水忽然起了漩涡。一个浪潮打来，人和舟瞬间便被卷入星华流转的璇光水涡，天旋地转，不知所自，不知所终，等终于转出来恢复神志时，却发现连人带舟已被冲到一片雪白的沙滩上，浑身浸透。

好不容易定下神来，小言望望四周景物，发现此处离刚才遇上漩涡的地方并不太远，再回头看看琼容、雪宜俱都无恙，伸手摸一摸怀中的玉盒仍在，小言心中大安。

忽见星光河流下游远远走来一个女子。

"呃……"

一路行到现在，他们在寂寥星河上从未见人。这时小言看到一个女子独自溯流而来，顿时大为惊奇。

也不等小言起身相迎，那女子见这边有人，转眼间便飘飘走到近前。等她靠近，借着光辉灿烂的星光一看，小言只见女子明眸皓齿，冰肌玉骨，神态缥缈，如落雪映霞，清丽非凡。

"这位小哥——"纤丽如画的女子走到近前，却先开口。

跟小言屈身优雅地福了一福，便柔声说道："你刚才是从那边过来的吗？"

女子拈着兰花纤指，朝小言刚过来的方向遥遥一指。

"是啊！姐姐有什么事吗？"

这时小言也已站起来，见她多礼，也客气地还了一礼，彬彬有礼地答话。

"是这样，"只听女子说道，"妾身瑶姬，偶来此地游玩，不想于水边失落纨扇，不知您曾否见着？"

"这……"小言凝神想了想，如实回答，"未曾见过。"

听得小言之言，瑶姬一脸失望，合掌谢了一礼，也顾不得跟小言身后两个女孩打招呼，便往银河上游自顾寻去。

"呵呵，瑶姬，也不知是哪方神人……"

正在小言望着女孩背影忖念时，不防女孩转过身来，瞬时飘回到他面前，有些好奇地跟问道："你们……也是从人间来的吗？"

"正是！"

"那……你们还是快回去吧。"

"哦？为什么？"小言大奇。

"嗯，或许瑶姬多话，我只是见你们一身水渍，舟覆沙滩，看来应该是刚被近处的璇光星漩吸入。"

"哦？那又如何？"

小言听了仍有些不知就里，便听偶然遇见的神女瑶姬继续说道："看来你还不知，此处璇光星漩有混同时空之效。每坠入一回，虽然看起来只是片刻，我们那人间都已过了一纪多……"

"一纪……十二年？！"

"就是十二年。嗯，瑶姬也不多打扰了，你们快回去吧，我也着急找我那纨扇去了。再见！"

神女扬长而去，浑不觉被她抛在身后的小言已目瞪口呆，俄而脸色铁青……

正是：

十年湖海御剑行，

尘外霜姿彻骨清。

遥忆几回天外梦，

仙路烟尘正氤氲。

略去天上，再说人间。

话说自小言乘槎去后，十几年中，神州大地海晏河清，国泰民安。在永昌女主的主掌下，国家昌盛，百姓安康，无论是天山漠北还是塞外江南，老百姓们都对这圣明的公主交口称赞。

生活安定富足之余，几乎所有知道的百姓都在盼望，盼望自己敬爱的公主为国尽心之余，也能考虑自己的终身大事，早日为自己择一个如意的夫君。

只是，纵然举国万民盼望，十几年过去了，朝廷中从不曾传出这样的消息。

春去秋来，月圆月缺，时光这般流逝。这一年，又到了柳絮飘飞、百花烂漫的春季，京师洛阳城内城外，到处都是冶游踏春的少女士子。

女子们呼朋结伴，踏青赏花，文士们聚咏啸歌，飞觞累日，春暖花开的日子里京城内外一片欢乐。

就在这个喜气洋溢春光烂漫的日子里，洛阳南郊外第一游春胜地景阳宫中，更是群莺乱飞，繁花赛锦。

柳絮吹春，桃花泛暖，皇家园林中春光最盛之景，还要数清溪两畔夹岸的桃林。红桃夹岸，碧水澄霞，千万株桃花开放后缤纷耀彩，宛如一片巨大的云霞落在了碧草春溪之上。

阳春烟景里，这天上午，就在桃花锦浪、映彩溪流的两旁，有许多宫娥彩女趁着晴好的天光在桃林清溪边嬉戏。

青春烂漫的年轻宫女在桃花溪边嬉戏时，有的还哼唱起游春的小曲：

春山茂，春日明，园中鸟，多嘉音。

梅始发，桃始青，奏采菱，歌鹿鸣。

弦亦发，酒亦倾，两相思，两不知。

如黄鹂溜啭般清脆的歌声中，有不少宫女持着纸折的小船，各自小心翼翼地放入落满桃花的溪水里。

洁白的纸船入水后，宫女们便一路裙带飘飞地跟着漂行的小舟，口中念念有词，紧张地看着自己的小船在落花缤纷中漂流。

这当中，偶尔若是有谁的折纸小船载满了落花，终于沉没，纸船的主人便欢呼雀跃，旁人则纷纷向她道贺，如她中了头彩一般。

原来，这些兴高采烈的宫女玩着的，正是近年来流行于景阳宫中的一个游戏。因为这些年中，好心的公主每年都会开恩发放一批宫女，配给民间的青年才俊，于是向往美好姻缘的深宫少女便想出这样的游戏。

纸船若因桃花而翻，便谐音成"犯桃花"，深宫寂寞，这样的桃花是大家都愿意"犯"的，于是若是谁的纸船积满了花片翻落水中，便预示她很快就可能被公主点中出宫，过自己自由幸福的小日子去了！

这样看起来有些荒诞的游戏，居然十分灵验。也不知是否传说习了仙人神法的公主真的通灵，近几年发放出宫的彩女名单，竟和桃花纸船占卜的结果十分吻合！正因如此，这个游戏也就在这皇宫中愈发流行。

就在这些青春活泼的宫女们嬉笑欢闹之时，她们敬爱的公主正坐在溪北书楼栏杆前，饶有兴味地看着她们嬉戏。

也不知是否真因习了小言临别时留赠的仙法，许多年过去，受众人爱戴的公主真的容颜常驻，红颜不老，依旧倾城倾国。

姹紫嫣红的春日，容貌如仙的女子循着自己立下的惯例，丝毫不理朝政，每日只在景阳宫桃花溪北的书楼中赏景，由晨至夕，由夕至晨，凝望清溪畔桃花林飞红如雨，从无看厌之时。

这一日小盈又这般凝眸，正看得有些出神，槛外忽然下起一阵烟雨。细如牛毛的雨丝吹上白皙的肌肤,清清凉凉,十分舒适,她也不去楼中躲避。

"春水迷离三尺雨,桃花斜带一溪烟",偶尔飞起的丝雨同样没浇熄宫女们的玩兴,活力无限的青春女孩被雨一淋,反而更加兴奋,在雨中追逐打闹,全不顾兰襟渐润,秀发微湿。

虽然槛外飘飞的烟雨并未打扰小盈的兴致,雨丝飘摇间心却有些游离。

自那日分别,已有十三年零二十五日了吧。离亭中约定的三年之期,早已过去。

"春日迟迟犹可至,客子行行终不归",虽然一直没等到那人依约前来,小盈的心中却从未有半丝的责怪。

"小言应该是有事耽搁,否则不会不来。"

"呵……"

"又开始胡思乱想啦。"

忽觉心绪有些低沉,开朗的公主自嘲一声,取过旁边几案上那只已经枯黄的竹盏,执着白瓷瓶儿倒入半杯清酒,开始对着眼前漫天的烟雨悠然啜饮。

这般慢条斯理的浅斟低酌之间,楼外春雨越下越大。终于那些桃溪边的宫女尽皆跑散,各寻亭台避雨去了,书楼前的天地便一下子静了下来,只听得见雨打桃花的声音。

烟雨迷离,万籁俱寂之际,酒也饮到微醺。蓦然间,原本和漫天烟雨从容相对的女子,忽然睁大了眼睛。

"那是……"

"小言……是你吗?"

倾城女子的视线落处,春雨桃林边一棵繁茂花树下,俨然站着一个俊眉朗目的少年,一袭白衣,一脸阳光般灿烂的笑容,正在斜风细雨中温柔地望

着自己。

"小言……是你!"

"你终于来了!"

"你这是来叫我,一起去探寻这个世界的秘密吗?就像你当初说的那样?"

"原来你并没有忘记。"张小言欢快地笑道,"走吧!我们一起走吧,就和当初一样。我们携手同行,遨游天地,和其他的伙伴们,一起探寻这个世界的秘密,一起领略天地宇宙的玄奇!"

"好呀好呀!"小盈拍手欢笑道。

"嗯!小盈,你知道吗?我发现,我们这个世界,我们这个宇宙,远比我们知道的,还要更广大、更神奇!"张小言兴奋地说道。

"真的吗?太好了!"在臣子国民面前端庄的公主,这时候却开心得像个小女孩,只顾拍手叫道,"那我们现在就走吧!"

"现在就要走?"张小言一愣,"你不用跟朝臣们交代一下吗?"

"我早就交代好啦!"小盈快乐地笑道,"我一直在等你,早就不知道把那些事情交代过多少回啦。对啦,小言,这次你怎么迟到了?这可不像你呀。"

张小言惭愧道:"这件事情,说来就话长了,其实里面涉及的事情,也是我刚才说的神秘世界、玄奇宇宙的一部分。小盈,我们不如先出发,路上慢慢跟你说!"

"好呀!我们会有很多时间说呢。"小盈笑道,"现在,咱们就,走吧!"

"嗯!"小言重重地点了点头。

很快,他们两人便腾空而起,驾着漫天的风雨,直往苍穹深处飞去。

乘风驾雨之时,带起了不小的风声,搅动了春雨洗礼的桃花林,于是便从桃花林里飞起了无数的花朵,聚集着,旋转着,飘上了天空,并伴随着地面上一阵阵的惊呼声,悠悠地飞向远方……

　　这一刻,天地如初,岁月如初,马蹄山的夕照、鄱阳湖的夜月、水云庄的笛歌、罗浮山的冰雪,俱化入漫天的花雨。

　　正是:

　　　　赤子之心永不灭,

　　　　热血难凉最少年!

图书在版编目(CIP)数据

四海为仙14：绝境救公主 / 管平潮著.—杭州：
浙江文艺出版社，2021.8
ISBN 978-7-5339-6568-6

Ⅰ.①四… Ⅱ.①管… Ⅲ.①长篇小说—中国—当代
Ⅳ.①I247.5

中国版本图书馆CIP数据核字（2021）第126108号

选题策划　关俊红
责任编辑　张　可
营销编辑　宋佳音
封面设计　仙境 WONDERLAND Book design
版式设计　吴　瑕
封面绘图　谭明-ming
内文绘图　南宫阁
责任印制　张丽敏

四海为仙14：绝境救公主

管平潮　著

出版　浙江文艺出版社
地址　杭州市体育场路347号
邮编　310006
电话　0571-85176953(总编办)
　　　0571-85152727(市场部)
制版　浙江新华图文制作有限公司
印刷　杭州杭新印务有限公司
开本　710毫米×1000毫米　1/16
字数　163千字
印张　12.75
插页　2
版次　2021年8月第1版
印次　2021年8月第1次印刷
书号　ISBN 978-7-5339-6568-6
定价　45.00元

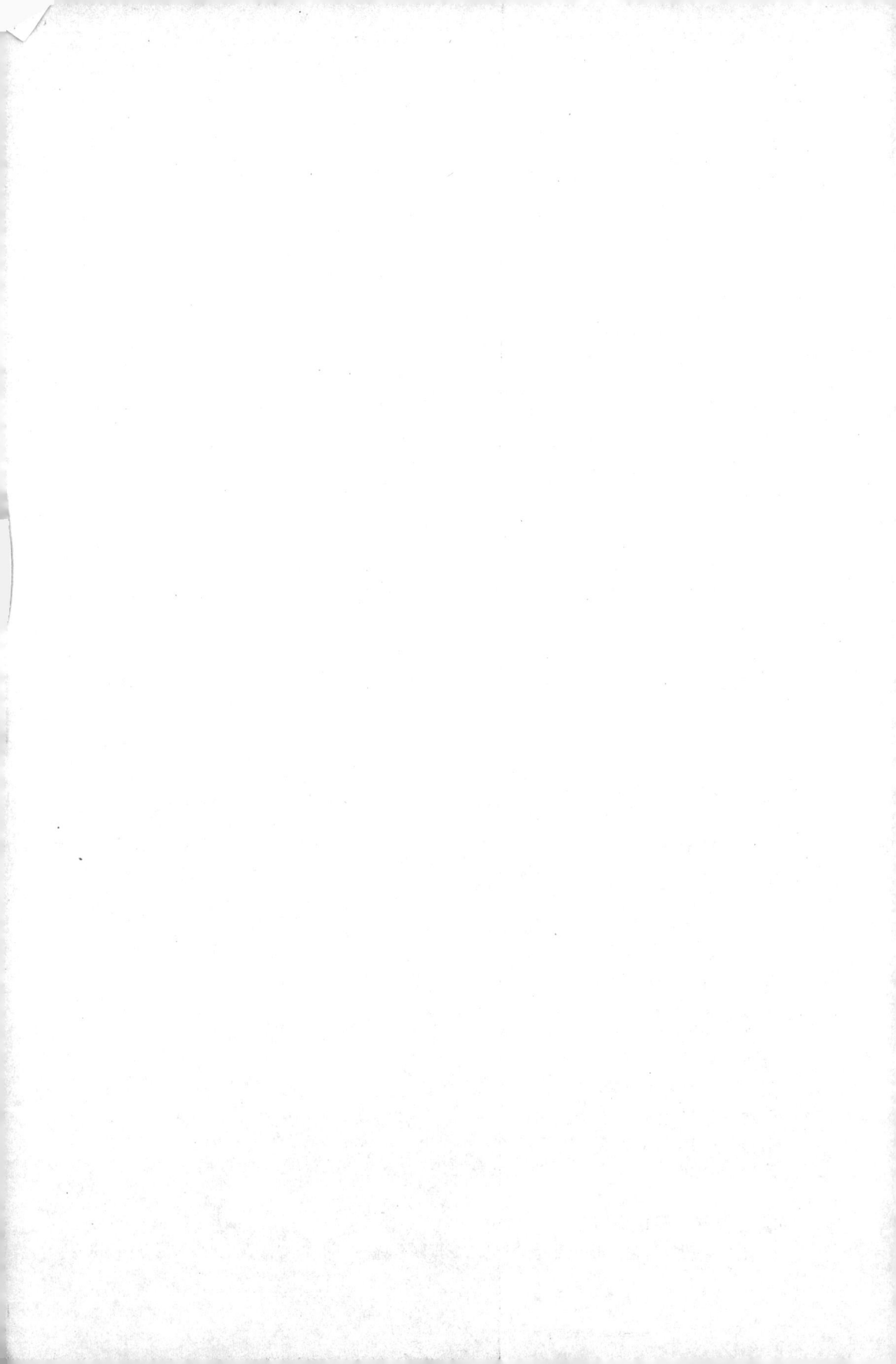